ベトナムの風に吹かれて

小松みゆき

角川文庫
19355

文庫『ベトナムの風に吹かれて』はじめに

すべてはベトナム行きを選んだときから始まった。あれは一九九二年の夏だった。面接の場で「明日ベトナムへ行けますか？」といわれて、「はい」と答えたあの日。私は新宿駅近くの喫茶店で、ハノイの学生に日本語を教える、日本語教師になるための面接を受けていた。担当者は私の履歴書をよく見もせず、そう切り出した。私の決意を確かめようと思ったのかもしれない。

ベトナムがどんなところなのか？　食べ物は大丈夫なのか？　そんな月並みなことはどうでもよかった。青春時代に思いをはせた、あの憧《あこが》れの国、ベトナムに行けるのか。ベトナム戦争終結から一五年あまり。「戦場」から「市場」へ変わろうとする国を見るには今しかないと思うと興奮気味に「行きます」と答えていた。

私の人生の後半が決まった瞬間である。

そのときは、当初の契約期間である二年だけでも住むことができれば上出来くらいに思っていた。

ベトナム滞在九年目に入った頃。そろそろ引き揚げないと日本に適応できなくなるのではないかと考え始めていたが、結局母を連れてくるはめになった。
それから母とのベトナム生活は一三年も続いた。

母との暮らしの中で、一人で生活していたときは分からなかったベトナムを垣間見《かいま》ることができた。母の認知症ゆえにさまざまなピンチにも遭遇したが、その都度よき助っ人《と》が現れたおかげでここまでやってくることができた。正直、連れてくるべきではなかったと思うこともあった。しかしながら、一緒にいるうちに、ベトナムに暮らし異文化体験をした経験から、認知症も病ではなく、異文化としてとらえたら面白いかもと、いささか乱暴かもしれないが思えるようになっていた。「この人を幸せにしよう」という宿題をこなしているうちに、自分の老いの先取り体験になるのではないかという好奇心さえ芽生えてきたのだ。

子どもの頃、なんでこんな家に生まれてきたのかと母を恨んだこともあったけれど、今は皆もう遠い過去の話。母がベトナムに来てくれなければ本を書くこともなかった。道草や寄り道だらけの人生だったけれど、私に人生といえるものがあるなら、それは母と暮らしたベトナムの日々といってもいい。
お母さん私を産んでくれてありがとう。

二〇一五年七月九日

単行本版はじめに――ラストライフを私と

私たち母娘《おやこ》は今ベトナムの首都ハノイに住んでいる。母親を呼び寄せてはや六年という月日が経とうとしているが、私が脱サラして当地に来たのは一五年前の一九九二年、青春時代に味わった高度経済成長の追体験をしたくてベトナムを選んだ。

母は大正九年の二月生まれなので、ベトナムの数え方だと八八歳なので米寿になる。越後《えちご》の国・新潟県の豪雪地帯に生まれ同じ村に嫁ぎ、そこで一生を終えるはずだった母がなぜベトナムへ？ 認知症という魔法にかかったお年寄りが果たしてベトナムで暮らせるのか？ 故郷から「はぐれ☆（☆は母子の印）」になった私たちの生き様をさらしてみようと思った。

「よく思い切ったわねえ」「不安はなかったの」と聞かれるが、「それしか方法がなかったのサ」と答えている。父の死後、「要介護三」の母は行き場がなくなり、娘の仕事場ベトナムへ行く。ただそれだけのことであったが、当のわれわれより周囲の反対を押し切る方が大変だった。介護のプロからは、「痴呆症《ちほう》（当時の呼称）の人を住み慣れた環境から離すことは、症状が悪化するケースが多い」といわれたし、古い集落の関係者は、よそへ嫁いだ娘が親を連れて行くことの世間体を気にしていた。母をよく知る、村のお年寄りからは、「はっちゅう（八〇）過ぎの人間を動かすなんザ、殺すようなもんだ」と、人前でどやしつけられた。直接いうかいわないかは別としても、誰もが無謀な行動だと思ったようだ。母をあずかってもらえないかと郷里の新潟県堀之内町《ほりのうち》（現・魚沼市《うおぬま》）周辺の施設も探したが、どこも満員で空き待ち状態。待機者が多く、入居の順番が来るのは何年先か分からないといわれた。

母は一度、介護療養型医療施設に体験入院したことがあった。老人性アルツハイマーとはいえ足腰が丈夫で、野山が好きな彼女は柵《さく》を嫌い外へ出たがった。他の従順な入居者と異なって、問題児ならぬ「問題婆《ばば》」扱いされ、職員を困らせていたことも聞いた。「外へ出て散歩をしたい」という普通の健康的な考え方は、限られた数の職員の勤務体制の中では「困った存在」となる。家にもいられない、施設にも入れない、どこにいてもやっかいもの扱いされるなら実の娘の私と暮らすのが最善だろう。たとえそれが発展途上の外国であっても。

母は戦争末期の一九四五年五月、二一歳年上で六人の子持ちの農家に嫁いだ。

「歳格好の合う相手は、みんな戦争へとられた時代だからなあ、後妻でももらい手があればいい方だったんだ」と祖父（母の父）から生前聞かされたことがある。母も自分を納得させるように、よくこう話していたことを子どもながらに覚えている。

「昔はね、ネコの子がもらわれるように、親が決めた家に嫁ぐのが普通だったからサ」

嫁いでまもなく先妻の長男にも妻がきた。母との年齢差はわずか四歳で、嫁と姑《しゅうとめ》の関係になった。私がまだ小学校低学年の頃、母は寝る前によくいった。

「明日この家出て行ぐから、入り用なものはランドセルにみんな詰めておけ」

そういわれて、着替えや洗面用具を詰めたことを思い出す。母の「明日出ていぐ」は、狼少年の話と同じで、いつの間にか信用しなくなった。夜は「明日こそ出て行こう」と思うのだろうが、朝になると山仕事があるから出て行けなかったのだ。きっと迷いながら生活していたのだろう。だから私は精神不安定で人の顔色を窺《うかが》う性格の暗い少女時代を送った。そして「大人になったら母を救出しなければならない」と思うようになっていった。

母の実子は私一人だったため（長男は病死）、母は私の義務教育修了を待って、知り合いを頼って卒業式の日の夜行列車で上京させた。そこを足がかりに自分も家を出ようと思っていたと後年聞いた。「三八豪雪」と騒がれた残雪の多い春だった。

一九六〇年代、それを実現させるため、母は私が通う高校に近い青山の豆腐屋に住み込みで働き口を見つけた。現金を稼ぎ、それを父に送金して家計の足しにすることで家族の一員として認められたかったのだという。後に私が下宿していた東京・池袋のアパートに来たこともあったが、いつのまにか父が迎えに来て連れ戻された。そんなことが何回もあった。

長い年月が過ぎ、二〇〇一年一〇月、父は一〇二歳で他界した。

このとき母は婚家から解放された。八一歳の独立である。幸い私も一人になっていた。

母との同居は嬉《うれ》しい。やっと晴れて一緒に暮らせる日が来たのだ。ボケていてもいい、「要介護三」でもいい。身ひとつでいい。親子が一緒に暮らすのに人様に遠慮がいるものか。誰はばかることなく堂々と人生の残り時間を「はぐれ☆」だけで過ごすのだと思うと楽しくなった。そして私は決意した。

思い出をいっぱいつくろう。それには長生きしてもらわないと。私は自分に宿題を課した。「この老いた母を幸せにしよう」

母とのベトナム暮らしは、今までの人生の中で一番真剣に、でも気を抜いて柔らかく自然に生きているような気がする。そしてこれを実行することは、自分の老後の先取り体験になるかもしれないと思っている。こういう症状の親を持つ娘は、どのように老いていくのか、似るのか似ないのか、それはなぜなのか。後の世代への研究材料として恥をさらしてもいいかと思える年齢になった。

八〇代でもおばあさんといわれたくない女性もいるが、母の場合は後妻のため、嫁いだ翌年、義理の娘に子が生まれると二〇代で「おばあちゃん」になった。六〇年以上呼ばれている「バーチャン」に慣らされてしまい、今ではその響きに安心感を持つという。今、私は親しみを込めて「Baちゃん」と呼んでいる。

またベトナム語でBa Ba（平音読み）は、日本語の婆婆という発音ではなく、バーバーという英語の「理髪店」の発音に近い。ベトナム語でBa Baは、亀の一種であるスッポンを意味する。スッポンとは歌舞伎や演劇などで、主役を舞台にせりあげる装置の名称でもある。越後の山奥で一生を終えるはずだった老母が、ベトナムという舞台に連れて来られたこと、それは役者が奈落《ならく》から劇場の中央へせりあげられ、ライトを浴びる光景にも似ていやしないか、と思いを巡らせている。

人生の最後を異国で暮らす日々は、晴れの日ばかりではなかったが、それもまた人生だ。越後の「はぐれ☆」は、どのようにして消えていくのかを想像しながら書き綴《つづ》った。

ヒロBaは　八八歳の少女

恋人は　記憶の彼方《かなた》
ムスメと暮らしたベトナムの日々
このBaさん　認知症だけど元気！
やがて己にも訪れる　その日のために
ムスメは母を観察した
生きることは悲しみが道連れ　だけど歓《よろこ》びも道連れ

二〇〇七年五月一三日　母の日に

目次

第四章　スッポンが時をつくる　131

第一章　雪国発南国行き

いざ出発―二〇〇一年

一二月一三日　曇りのち雨

「どこへ行ぐがんだい」

「トーキョー」

「だめだて、オレは乗物酔いするからの」

母は、はなから酔うと決めつけている。東京多摩市の聖蹟《せいせき》桜ヶ丘駅から一二時三五分発、羽田空港行きのバスに乗り、羽田には午後二時近くに着いた。首都高速を走っている途中は新宿や赤坂の高層ビル群を見ながらなので、「東京行き」はまんざらウソでもない。認知症という魔法にかかっているということは便利でもある。

寒いので腰にカイロを貼りつけ、靴底にも「靴用ホッカイロ」を入れた。トイレが近いのでバスが渋滞したときのことを考え、紙オムツをはかせると、

「こんなのやだ」と抵抗した。

「もしもの時の準備だから、向こうへ着いたら捨ててもいいから」

となだめるとはいてくれた。お台場の橋を渡る。私にとっても東京見物となった。

「堀之内（ほんのち）に行くがんだろ？」

自分の家のことをいうので、はぐらかすのは心苦しかった。空港が見えてくると、「東京駅じゃねぇみたいだねえ」と突っ込んでくる。確かに目の前には飛行機が何機も並んでいる。その光景が見えないように、売店に連れて行ったり、テレビの前に座らせたり小細工をした。

いつもなら私は成田《なりた》から香港経由でハノイに入るが、母連れなので移動の負担を軽くすることと、経済的であるという理由から中華航空を選んだ。この時期の羽田―ハノイ（台北経由）便は往復一〇日間で六万六〇〇〇円。この中には台北のホテル代も含まれている。これが香港経由のキャセイ航空となると正規価格で一七～一八万円。三カ月前オープン価格でも一二万円はする。母には最低でも一〇カ月はベトナム滞在してもらうつもりなので、帰りのチケットは不要だが、日本を出国するには往復チケットがないと許可が下りない。ならば格安チケットを買って帰国便を捨てよう、というわけ。まだ直行便がない時代の話だ。

いよいよ出国手続き。順番が来た。母を先に行かせる。不安げに後ろを振り返ったが難なく通行。ボディチェックも順調。まずはひと息つく。

空港の二階搭乗広場で待機する。目の前は飛行機ばかりだが、ここにも売店やらテレビがあるので救われた。まるで子どもだましだ。羽田の国際線は台湾行きだけなので出国税は不要だ。

いよいよ搭乗時間となる。母は私と並んで進み、指定された席に座った。

「これ飛行機だよ」といっても驚かない。

「そうか」

なぜだろう。母は機内雑誌に夢中になっていた。おしぼりがきたり、ワインやらつまみやらが配られるので、退屈はしなかったようだ。

「これどこへ行ぐの?」

「台湾」

「ふうん」

驚かないので安心する。あるいは飛行機に乗っているという自覚がないのかもしれない。私は心地よい疲労感に襲われ目を閉じた。すると出国にいたるまでのここ一ヵ月の出来事が脳裏を巡った。

パスポート取得

母を連れ出すにあたってやることがたくさんあった。まず白内障を治さなければならない。新潟県の小出《こいで》病院で診察してもらった後、入院予約。その間に私は一度ハノイに戻り、用事を済ませ入院前に再び日本に飛び、二週間付き添うことになった。本来完全看護なので付き添いは不要なのだが、母は目薬を飲んだり、薬の飲み方が分からなかったり、あまりに手がかかるので、できれば付き添いが欲しいと病院経由でケアマネージャーに連絡が行った。関係者で相談した結果、私が泊まり込むことになったというわけだ。

その間にパスポート申請もした。眼帯をして片目の母に署名をしてもらうのは大仕事だった。申請書を何枚もだめにしてしまい、一時は「無理かあ」とため息も出た。

パスポートに貼る写真を撮るためには病院から連れ出し、写真館に行かなければならないが外出許可が出ない。仕方なく帽子をかぶせて寝間着の上にコートを着せ、手を引いて病院を脱《ぬ》け出し、タクシーで写真館へ行ったことを思い出す。

そんなにまでして撮った写真なのに、新潟県庁・長岡庁舎に持参すると、「こめかみに絆創膏《ばんそうこう》があるのでこれは使用できません」と受理不可。撮り直しをしなければならなかった。

小出から長岡に行くには列車の本数が少ない。朝晩の通勤時間にはいくらかあるが、私が外出できる時間帯は昼食後しかないので、一番本数が少ないときであった。だからやっと申請が受理されたときはホッとした。

両眼を手術し、二週間後に退院。父の四九日にはかろうじて間に合った。

その宴席で兄姉親戚《しんせき》に、「母を連れてベトナムに行く」ことを発表したとき、皆驚いた。翌日は上京する日だったが、冷たいみぞれが降る朝だった。小千谷《おぢや》の従妹《いとこ》が列車で行くのは大変だろうと、車を出してくれた。途中挨拶《あいさつ》のため本家に立ち寄った。

「これから母を連れて行きます。皆さんもお元気で」

というと、九〇歳近い大おばあちゃんが目頭を押さえた。おかか（本家の主婦）も涙ぐんでいた。私たちはこれが今生の別れと名残りを惜しんだ。母は何も知らないから、

「ちょっと長岡へ行ってくるてぇ」

と笑いながら車の中から手を振った。窓を開けているのでみぞれが車内に入って来る。こうして私たちは、寒暖の差で窓ガラスが曇る師走《しわす》の故郷を後にした。

長岡庁舎でパスポートを受け取るとき、本人確認のため名前と生年月日を聞く。母は名前はいえたものの、生年月日となるとまごついていた。もしかすると「セイネンガッピ」といういい方が分からないのかもしれないと思い、つい横から、

「Baちゃん、何年生まれだったかのお？」

といい直すと、

「そうそ、大正じゃあんめえかのお」

と年号だけいう。さらに、

「何月のいっか（何日）だったかのお？」と聞くと、

「そうそ、たしか二月二四日じゃあんめえかの」

と答えた。普通の人ならいえて当たり前のことなのだが、私はこれで本当にホッとした。胸のつかえが取れた。病院で何度も練習したとはいえ、嬉《うれ》しかった。パスポートを手にしたときの喜びは、それは大きいものだった。

今度は長岡駅まで車を飛ばしてもらう。上越新幹線で東京までのグリーン車を奮発した。悪天候の上、荷物を持ち年寄りを連れているので、車がなかったら大変だった。それを思い、従妹には感謝した。

みぞれ降る越後からトンネルを抜けると、そこは青空であった。モノトーンの雪国から、青空で太陽のまぶしいカラーの関東地方に入ると母は明るくなって、

「これからどごへ行ぐがんだい?」と尋ねる。

「東京よ」

「そうか。ふさんこった（久しぶりだ）のお」

嫌だとも何ともいわず、ずうっと私の後に付いてきた。

東京では、友人に貸してある私のマンションに居候して、ベトナム入国のビザの発給を待った。つまり大家が店子《たなこ》宅に居候というわけだ。その間、家から歩いて行ける多摩川の土手を散歩したり、高尾山にリフトで登ったり、駅ビルのデパートの中にある映画館で『千と千尋《ちひろ》の神隠し』も観た。

近所を散歩しているときだった。母は下校途中の小学生の女の子に声をかけた。

「お嬢ちゃんカワイイね。何年生？」

だが相手は都会の子。知らない人には返事をしないようにしつけられている。わが郷里なら、みんな顔見知りだから答えてくれるが都会は別世界。お互いかわいそうな気がした。

はるばるきたぜベトナムへ

一二月一四日　曇り
台北からのハノイ便はベトナム航空。ワインレッドのアオザイに、クリーム色のパンタロン姿の客室乗務員を見ていう。

「スラッとして綺麗《きれい》だねえ」

隣りに若い男性が座ってほほ笑んだ。すると母は日本語で返した。

「いいお天気ですねえ」

さっきから誰かに似ていると思ったが、映画スターの金城武《かねしろたけし》に似ていた。彼は笑顔で、

「ニィハオ」

と答えたが母は口のなかでぶつぶつ……と、

「言葉が分からないのかのお」

青空の中を飛び、白い雲を下に見る。

「空の上を飛んでいるんだねぇ。だども新幹線に乗ってるみたいだねぇ」

〈空飛ぶ新幹線〉かあ。乗物酔いの心配はなさそうだ。

ここでの機内食もペロリ。「ワインはいらない」といっていたのに、「味見」といって私のワインを、ガブッとお茶のように飲む。

台北―ハノイの三時間四〇分はあっという間に過ぎた。

ハノイでの入国審査も以前に比べればずっと簡素化された。荷物検査はゼロに等しい。X線にさえかけない。何か気だるいぬるっとした空気が漂い、ベトナムに着いたことを感じた。東京で古い友人の馬淵《まぶち》広子さんが「出迎えを手配したからね」といっていたから「どこかの旅行社かしら」と思っていると、考古学者の西村昌也《まさなり》さんが立っていた。

「マブチさんに頼まれてお出迎えでござんす」

といわれ、驚いた。

「この人は言葉が通じる人かのぉ」

この言葉と声に母は安心したようだ。

「この辺りは雪が降りますか？」と尋ねる。

「ぜんぜん降りません」

「ええどこですねえ」

同じことを何度も繰り返す母に西村さんは根気よく付き合っていた。

ベトナムの大地を踏み、車が市内に向かって走り出すと、私は安心したせいか気が抜けた。

わが家のある通りに車が着くと、大家さんのお手伝いさんのルオンさんが立っていた。私たちが荷物を降ろす間に、彼女が母の手を引くと、スタスタとついて行く。細い小路を歩いて下宿に到着すると、この家のおばあさん（一九二一年生まれ）がソファーにかけていた。母より一歳若いが一人で歩けないため介護者としてルオンさんを雇っている。ベトナムは大家族なので介護は各家庭でするが、豊かになり始めた九〇年代後半になると、「オシン」といわれる家事手伝いを置く家が増えた。

わが家の八一歳と大家さん宅の八〇歳のご対面である。

「何も分かりませんが、どうぞよろしくお願いいたします」

母は大きな声で、はっきりした日本語で丁寧に挨拶をした。大家さんのおばあさんは、握手をしてから右肩を抱き寄せ、

「イエンタム・ディ（安心しなさい）」

と背中をポンポンとたたいた。一家の主婦であるカインさんと高校生の娘、家事手伝いの長男、飼いネコもみんな私たちを囲みほほ笑んだ。大家さんの台所からヌクマム（魚醤《ぎょしょう》）の匂いや生活の臭いがしてくる。日本の方が衛生的だし生活の臭いはないが、ベトナムには温かい雰囲気と明るい笑顔があった。大家さん一家の歓迎に、そんなことを感じた。

一二月一五日　晴

朝七時半の町内放送まで寝てしまった。何か大仕事を終えた後のような心地よい疲労感が残る。

「オレはどうしてここにいるがんだろうか。いくら考えても分からんがんだが……」

今どこにいるか分からないらしい。

「何だか田んぼや畑のある道を走って来たことは覚えているが、それが東京だやらどこだやら……。そうかい。ベトナムだかい」

日本からの経過を話すと、

「そらまたすごいもんだ。ベトナム？　ほほうベトナムねえ……」

朝食は、わが下宿家から徒歩三分の最高裁判所の脇にある一二月一九日市場で、バインクォンを食べることにした。近くには五つ星のメリアホテルや、ハノイツインタワービルがあるが、この市場は日本の戦後闇市的な風情があるので、ぜひ見せてやりたかった。

バインクォンというのは、米粉クレープのようなものだ。鉄板にお玉で丸く広げたクレープの中に、刻みネギや木クラゲ、豚肉のミンチなどの具を入れ、クルクルと細長く巻きあげたものをタレで食べる。タレはヌクマムをベースにしたものに、ニンニクのスライス揚げや香菜、デンプを付け合わせて食べる。それを、

「んまい、んまい」

といいながら、タレまで飲んでしまうのだ。久しぶりの市場の中は生活の逞《たくま》しさを感じた。鶏を茹《ゆ》でて羽をむしったり、魚をおろしていたり、肉をミンチにしていたりする日常風景を見ると、「戻ってきたぞ」と力が湧いてくるような感じもした。

ベトナムの午後は観光地区以外、外出禁止令が出たかと思うほど静かになる。昼はたっぷり休んで夜、ホアンキエム湖畔へ散歩に出た。居酒屋のゾイばあちゃんが、私たちを見ると、店のお客を放ったらかして駆け寄ってきて、

「あんたの母親かい？」

というやいなや握手を求めてきた。母も笑顔で手を握り合っている。

日本語とベトナム語だが、人の出会いに言葉は関係ないようだ。

ハノイの道路はバイク、自転車、車などが雑然と走り、その間を天秤棒《てんびんぼう》の物売りが

泳ぐように横断していて、それが活気を誘う。

「大勢の人が走り回っているねえ。たまげたのお。夜でも人がいっぺ（大勢）いること」

母は驚いているが、

「信号を守って渡るも命がけ」のベトナム。いつも思うことだが、今回は心底そう思った。母の一人歩きは絶対させられない。

一二月一六日　晴

ベトナムパンとオレンジの生ジュース、目玉焼きの朝食。

「缶ジュースより、果物のジュースのほうが安くておいしいんだよ」

というと目をパチクリ。ホアンキエム湖畔の散策に、子連れの絵はがき売りが付きまとう。あまり目の前に差し出すので、

「これ、ただでもらってもいいんかえ？（無料で貰《もら》っていいの？）」

東京で歩いていたとき、宣伝のティッシュ配りを見ていたので勘違いしたようだ。

家に戻り、お茶を飲みながらいった。

「オマエのおかげで飛行機なんてもんに乗ってみたが、長くてのお、端から端までっていえば新幹線みてえなもんだがのう。ほんに、よくできてらあ。メシも出てくるし

……便所もあるし……」

「オラ飛行機なんてもんは、よっぽどおっかねえもん（こわいもの）だと思っていたども、乗ったらスイッと来てしまって……いっそ（全然）分からんかったんがのぉ」

「飛行機なんて頭のてっちょ（上）を、飛ぶもんだと思っていたが、テメエが乗って来たなんて、はてたまげたのぉ。はてはて。この歳んなって飛行機に乗るなんて……乗るすべを知らんかったが……ハテ、たまげた、たまげた。たまげたてらんね」

といっていたかと思えば、

「今日は帰ろう、今日は帰ろうと思っているがんだども、オマエが『まだいい』っていうからその気になってるが、そろそろお終《しま》いにしねえばならんて」

「今頃、『婆サいい身分だのお』なんて村ん衆がいってるろう。じょうや（きっと）」

パソコンの中のメールを画面で読ませた。

「おばあちゃん元気ですか。悦子だよ。小千谷の孫の悦子だよぉ」

という二番目の姉の娘からの手紙を見て、

「ハアて、たまげた。たまげたのお。ほおっか。ほっけんして（こうして）テレビの中へ、手紙が来るんだかのお。たまげた、たまげた、たまげたてらんね」

たまげる（驚く）ことの連続だが、日々逞しく馴染《なじ》んでいっている。

入れ歯を治す

一二月一七日　曇り

入れ歯を治すため、歯医者に連れて行こうとすると、

「はぁ？　ハイシャ？　歯医者だけはゴメンだ。そりゃあ勘弁してもらいてえの」

と強いいい方で怒っている。国営ベトナムの声放送局（ＶＯＶ）の元アナウンサーのマイさんが、「一緒に行きましょう」と来ているのに、布団をかぶって拒否する。困った。

するとマイさんは、

「じゃあ、入れ歯だけ貸して」という。

マイさんと私が、その入れ歯を持って越独病院に出向いたが、「下の歯もないとダメ」といわれ、マイさんを残して私が家に取りに戻った。

「いじくらんでくんねかのお！　このまんまでいいがんだすけ（触らないでくれ、このままでいい）」

と、ダミ声ですごむ。やっと「ちょっとだけ」と、だまして借りた。

夕方、ティンクァン湖畔を散歩した。

「こっちの方は押し売りが少ないね」

ローカルの湖なので小さいし、観光客も来ない。

「押し売りでなく、物売りでしょう？」と聞くと、

「だっていられねえっていうのに、『買え買え』と付いて来るからさ」

確かに。それに、ホアンキエム湖より小ぶりなので歩きやすかったようだ。

一二月一八日　曇り

昨日より少し寒い。今日は入れ歯ができる日だ。約束の三時に、母はマイさんに連れられて越独病院へ行く。母は入れ歯で、上の歯の奥歯あたりの二本と、出来上がった歯を嚙《か》み合わせると、ピタッとフィットしたようだ。

「はめてみてください」

女医さんにいわれてゆっくりはめた。そして、カクンカクンと嚙み合わせをしながら、

「いいのお。いいて（いいよ）」

数回、カタカタと合わせた後、女医さんに向かって合掌した。

女医先生がニコッとすると、母はしわくちゃの顔で、ほほ笑みのお返し。ナ、ナ、ナンダ！　Baちゃん笑顔なんてつくっちゃって。

チャンティ通りの病院からわが家まで約一〇分。よほど嬉《うれ》しいのか、走るように歩

いた。そして、

「あっけの若けえ先生だったが、ウデは大したもんだねえ」

「早いぇかったしねえ。きんな（昨日）の今日だろ。日本じゃほっけのわけいかね」

「いくらだったとえ？」

「ほうか、三二〇〇円。日本じゃもっと高けえろぅ。そんま何十万円になっちまうろ」

この歯医者さんにはよほど感激したらしく、後になっても何度も何度も感心していた。

「ほんとは、オレもこの歯は治したかったんだども、噛まれんこともねえすけ、諦《あきら》めていたんだ。年寄りなんていつ死ぬか分からねすけの。死ぬ人間が高けえカネなんか使われねえがんだて。だども、思いつけね。ほっけのベトナムなんてとこで歯を治してもらって、いかったなあ。ありがてえ、ありがてえ。ありがてえこった」

よほど嬉しいとみえて表情が明るい。

「だけど昨日、『歯医者には行きたくない。これでいい』といったでしょうが？」というと、

「すっけんことといったがんは（そういうふうにいったのは）、カネがいっぺかかると思ったからだて。歯医者ってとこは、時間とカネがかかるどこだすけん。はあ、諦め

ていたがんソ」

「でも早かったよね」

「だすけそお（だから）たまげたて。大したもんだて。ハアこれでオラいつでも日本に帰れるテ。やるこた（やることは）みんな終わったすけ」

「……」

私は何度もこれが「要介護三」かと疑った。前歯四本がギザギザに欠けてドラキュラのような感じだったが、きれいになったときの喜びようはなかった。どんなに年をとっていても、しわくちゃでもきれいでいたい、そういう気持ちをこれから汲《く》み取ってやりたいと思う。それにしても、「これから死ぬ人間が高いお金を使ってはいけない」という意識が頭に染み付いていることが何とも哀しい。この世代のお年寄りは多かれ少なかれそう思っているんだろうか。

今日は「歯」があるので普通食がとれた。昨日までの四食分はおかゆをつくっていた。ベトナム語でおかゆを「チャオ」という。朝食は「チャオスオン」という糊《のり》状のおかゆが一般的だ。これは主に離乳食として利用されているが、「歯なし」人にもいい。

それで今朝は、バナナと「若いもち米」（ヤングライス）を付け合わせて食べる「コム」というものにした。母にはバナナだけでもご馳走《ちそう》のようだった。

「昔はのお、バナナなんてそう食えるもんじゃなかったて」

と、味わいながら食べている。日本にいるとき買って食べたバナナは、固くて味がなくておいしくなかったが、ベトナムのバナナは甘くて香りがよく、軟らかくておいしい。おまけに安くて経済的だ。

このバナナに若いもち米をつけて食べると絶妙な味がする。私もベトナムに来たばかりのころ、「こんな食べ方もあるものか」と感心したものだ。母は農家出身なので、

「どっけんしてできるもんだろか」

「この葉ッパはなんてん（何というの）だろう」

とコムを包んでいる芋の葉のようなものに興味を示し、

「んまい、んまい」

と修理したばかりの歯で嚙みしめていた。

目もよく見える

一二月一九日　曇天
「お母さんを連れて来たんですって。よくやったわねえ」
一〇月、ハノイに来ていたルイーズと別れるとき、「母親を連れて来ることになる」

と話していたので、フランスから電話をくれた。彼女も、日本から母親をフランスのトゥールーズに連れて行って一緒に生活し、最期を看取《みと》った経験から、いくつかのアドバイスをしてくれた。「認知症は病気なのだから逆らわない」「少しでもいいから仕事をつくってあげる」等々。何かお菓子でも贈りたいといってくれたが、私にはそんなルイーズの気持ちが何よりのプレゼントであった。そのことを伝えると、「よかった」と喜んでくれた。

電話だけでもパワーになるものだということを実感する。

一二月二〇日　曇天

一週間前の今日、日本を出発したのだ。あっという間の一週間であった。南国とはいえ、ベトナム北部にゾームアドンバックという北東からの風が吹くと、空は灰色になり散歩もできない。母は家で本を読んでいる。のぞいてみると、新井恵美子著『哀しい歌たち』であった。旅行記やエッセイものを本棚から出して枕元に積んである。『行ってはいけないベトナム』も熱心に読んでいた。共同通信ハノイ支局からもらってくる古新聞も見ている……意外だ。尋常小学校しか出ていない母が、活字をむさぼっているように見える。そして読み方の分からない漢字を聞きに来る。まるで成長期の子どものように。

一一月に白内障の手術を受けたばかりだが、日増しによくなっているようだ。そんな姿を見ていると、「年寄りになれば目が見えなくなるのは当たり前」とか、「誰が手術代を払うのか」「誰が通院を手伝うのか」といわれながらも手術を決行してよかったと思う。「年寄り目」で一番つらいのは本人なのだろうから。そうでなくても今の年寄りは邪魔者扱いされて、肩身の狭い思いをしている。たとえ余命いくばくであろうと、短い命であっても見えるようにしてあげたい。ただ息をしているだけという生き方ではなく、生きいきと生きてもらいたい。老いた母親を見ながらつくづくそう思った。

入浴記念日

一二月二一日　晴

「ローバ」を、わが愛する単車・イタリア製の赤いピアッジォに乗せた。

「おっかね、おっかね」

と私の背中につかまる。西湖に連れて行こうと思いディエンビエンフー通りを走ったが、ベトナム外務省の前は通行止めだった。国会の会期中なのでバーディン広場を通ることはできなかった。仕方なくレーニン像の先をUターンして帰宅した。

「バイクがまるで、オラをめがけてぶつかって来るようだんがの」

うまい表現だ。

「よくみんなぶつからんと思って不思議だて」

年寄りに、怖い思いをさせるのはよくないので、バイクの二人乗りはラッシュじゃない時だけにしよう。そんなわけで「ローバの休日」はあっけなく終わった。

ここ数日、食後に、スプーン二杯のハチミツにお湯を入れて飲むのが定着している。

「んまい、んまい、んまいのお」

目を細めて満足気にいわれると嬉しい。今日はバイクで怖い思いもさせてしまったので、お詫《わ》びの気持ちを込めて、友だちにもらったコニャックを数滴たらした。

「何てがんだい？　そのまんま、ちっと飲ましてくんねかい」

「強いから、なめるように少しずつだよ」

といっているのに、グビッと飲む。「むむむ」。機上でのワインの飲みっぷりといい、この人意外と酒が強いなあ……。

夜一〇時過ぎ。もう寝たと思っていたのに近づいてきていった。

「オラ、幸せモンだのお」

「どうして？」

「そうだこっつぉ、屋根の雪も心配しねで、ほっけんどこでゆっくり休ましてもらってそう。みんな、たまげてるだろう。何の心配もねえ（無い）がんだが」

「急いで帰ることもないよ。来年は東京までの直行便が出るっていうから、それが出たら乗って行こう」

「ほう、来年そっけんがんが出るかや」

「ほうだよ」

これで納得したのかどうか、眠りについた。

一二月二二日　晴

年寄りをベトナムに連れて来たものの、風呂《ふろ》がないのは心苦しい。越後では、何の楽しみもなかった母には、入浴が何より至福の時であったのだ。ベトナムでは湯船に浸《つ》かる習慣がない。ホテルでもバスタブのあるところにこだわるのは日本人ぐらいらしい。私はシャワーだけで年を過ごしてきた。もっとも駐在員クラスの住居となると、それなりの住宅環境が整っており風呂付きは当たり前になっている。せめて母には週一回でも入浴させてあげたいと思い、友人のフィさんに話したら、

「うちのお風呂を使って」

ということで、借りることになった。フィさんはベトナム戦争中の六〇年代にトンニャットホテル（現・ソフィテル・レジェンド・メトロポール・ハノイ）で働いていた人

で、定年退職後の現在は、ハノイ市内でミニホテルを経営している。ホテルなので空いている部屋の風呂を使わせてくれるという。

「Baちゃん風呂へ行こう」

「ほう、ベトナムでも銭湯があるんかのう」

「ないけど友だちが貸してくれるっていうから」

「そらごっつぉだのう（それはご馳走だ）」

そんなわけで本日は、母がベトナムに来て初めて入浴する「入浴記念日」となった。

月を見ながら竜宮城

一二月二三日　晴

朝から青空なのでハノイ市内観光に出かけた。トニォムの家から文廟《ぶんびょう》まで歩いた。赤いちゃんちゃんこ風ヤッケに毛糸の帽子でスタスタと歩く。途中でシクロ（三輪自転車タクシー）に声をかけられたので乗ろうと思ったが、母が「歩こう」というので歩くことにした。

午前中なので歩道や路上が簡易食堂になっていて、にぎわっている。チュンビッロン（アヒルの卵）やおかゆ屋は、だいたいこうした時間内に商う。それらを一つひとつ見ながら歩いた。

日本でひと昔前に使われていた足踏みミシンを扱う店が、文廟に行く途中のグエンタイホック通りに、三、四軒並んでいた。こういうのは歩く人だけが見られる楽しみでもある。

正門の近くに来ると子どもの物売り、大人の乞食《こじき》、女性の刺繍《ししゅう》売りなどが寄って来て母を囲んだが、断りのつもりか、お得意の合掌（拝み）スタイルでスタスタと中に入って行く。私はあわてて入場券を買い、やっと追いついた。

文廟とは孔子廟のことで、一〇七六年にこの境内にベトナム最初の大学が置かれたところである。境内には亀が何やら背負ってずらっと並んでいた。説明によると科挙の合格者名が石碑に刻まれているとか。その亀を見た母は、昔のことを思い出していた。

「ひいばば（曾祖母《そうそぼ》）にあたるツル婆さんがいてのう、とても博識で子どもの頃、いつも遠い国の昔話を語ってくれたのう」

「じゃあ、いろんな本をいっぱい読んでいた人だったんだね」というと、

「すっけんこたあね。あのころ本読むモンは学者かセンセ（教師）ぐらいなもんで普通んしょは本なんか読むもんじゃなかったよ」

「じゃ、どうやってその知識を得たの？」

「分からんども、一度聞いた話を忘れねえ、てこったろう」

文廟の亀を見て突然、ひいばばを思い出したのは面白い。私も子どものころ、冬になるとこたつの中で祖父（母の父）から昔話をしてもらい、笑ったり、はらはらどきどきしたり、怖い思いをしたことがあった。

祖父の昔話は、そのまた母親譲りだったのかと思うと、口承文化もいいなあと思う。それに戦後は、中学までが義務教育で機会均等だから、誰もが本を自由に読めるが、母の時代は本を読むなんて「道楽者」のすることだったという。でもその反動でか、今その面白さにとりつかれているような気がする。誰でも文字が分かれば読みたいし、書いてみたいのではないだろうか。

文廟の境内では観光客がのんびりと、Tシャツ一枚で日なたぼっこをしている。その、のんびりした雰囲気に私たちは満足していた。こんな時間をとるのは私にとっても久しぶり。今日はここ一ヵ所で十分だ。ハノイ生活は長いんだから、ゆっくり回ればいい。

帰りはシクロに乗ろうと思ったが、とんでもない値段をいうのでタクシーを探していると、

「歩こう」

と母は私の手を取る。ついそれにつられて歩いた。グエンクエン通りの途中に、煙が

もうもうと出ているブンチャ（米粉原料の付け麺《めん》）を食べさせる店があったので、そこでお昼をとった。

さらにそこから歩いてハンボン通りへ出て、「カフェ252」でプリンと緑茶のデザートを味わう。ここはカトリーヌ・ドヌーヴが、映画『インドシナ』の撮影でハノイに来たとき立ち寄った店で、店内にはフランス語を話す八〇代の経営者とドヌーヴが一緒に写った写真が飾ってある。旅行者を連れて行くと喜ばれる店だが、母には豚に真珠、ネコに小判だ。

その夜、私たちは下宿の屋上に出て月を見た。

「月が頭のてっちょ（上）にあるのお。オラあたりの月と違うのお」

「ベトナムは南だからね」

「何だかお月さんが近いような気がするが、ここが屋上だからだろうか」

「……」（白内障手術の効果てきめんか？）

「オラ、今日のお寺で（昼間行った文廟のこと）ひいばばの話を思い出したて」

「どんな？」

「あののお、昔は亀に乗って海の向こうと行き来をしたんだと。今日亀をいっぺえ（たくさん）見たろ。あの亀も人を乗せて、行き来をしたんじゃねえろかのお」

「そうお？」

「オラすっけの（そんな）話を、子どもんころ聞いたことがあるて」

「それは知らんども、浦島太郎の話ねえ。あの話に出てくる竜宮城、あれはベトナムあたりらしいよ。魚捕りの船が遭難してね、潮風にのって流れ着くところがどうもベトナム中部あたりなんだって。北の方で遭難するとロシアの方に流れるらしいけど」

「オラも聞いたことがある。おマエから今聞いた話を、オラは父親の親から聞いたような気がするよ。オラ今日は、すっかり忘れていた昔のことを思い出したなあ」

といった。

「……」

「長野の方っけたに姥捨山《うばすてやま》なんてどこがあってのお」

と、息子が年を取った母親を山に捨てに行った話もしてくれた。息子は母親を捨てに行くのはとてもしのびないが、その時代の決まりなので捨てに行った。でも気持ちのやさしい息子は、母親が帰って来られるようにと目印に木の枝を折って道に落として置いた、なんていう話もしてくれた。昔の人は（少なくとも私の頃まで）「日本の昔話」は本でなく実際、祖父母から語ってもらっていたことを思い出した。ただ母がいう昔話を私は知らなかった。

「姥捨て」の話は決して昔話ではない。現在だって形こそ違えど似たようなものだ。父は生前、私にこういった。

「オレが死んだら婆さんは、施設に預けようと思ってるがんだ」

しかし母は八〇歳を過ぎたが元気だし、高級老人ホームに行くおカネを父は残さなかった。

父の死後、「母の行方」をめぐってみんな頭を痛めていた。

母の妹に電話する

一二月二四日　晴

母は六人兄弟の長女だが、兄と弟を戦争で亡くし、九つ下の妹は嫁ぎ先で病死した。ひと回り下の弟は伴侶《はんりょ》の死の前年病気で亡くなり、健在なのは川口町にいる一七歳下の妹だけだ。その妹（私にとっては叔母《おば》）に電話をした。

「もしもしオレだて。ああ元気だ。雪はどうだい？　ああそうかい。大したことねえかい」

「ああ幸せだて。上げ膳《ぜん》、据え膳でのんびりしているて」

毎日いい天気だとか、こっちんしょ（こちらの人）は働きもんだとか楽しそうに話している。話し方は「姉気分」だ。途中で電話を代わると、

「何だか声が生きいきしていて、聞いてて気持ちがいいよ。アリガトねえ」

と叔母の声。なぜ？　私は娘なんだからお礼をいわれることなんかないのに。とはいえ、嬉《うれ》しくないといえばウソ、喜ばれると嬉しい。

数日前から何やらこっそり読んでいる本がある。何だろう。知りたい。私が部屋に入ると布団の下に隠すのだ。後で見てみようとチャンスを待った。トイレに立ったとき、そっとのぞいてみると『日本の歴史』（朝日ジュニアブック）。紙切れをはさんでいた場所は「製糸女工たちの楽しみは何だったのか」「兵士たちはどこでどのようにして死んでいったのか」「村の娘はいくらで身売りされたのか」「軍人はどんな考えで戦争を始めたのか」などであった。

母は自分の生きてきた時代に興味があるようだ。田舎にいるとき「認知症」というだけで、やっかいもの扱いをする傾向があったような気がする。けれども一緒に暮らして分かったが、認知症であっても「知りたい」という気持ちは強いし、その場の会話はまともだと思う。ただ記憶が飛ぶことや物忘れ、思い違い、思い込みはある。このことを家族や周囲の人がうまくカバーできるか、どう受け止めるかが課題だと思う。「何度も聞いた」とか「分かった、分かった」とうるさくどやしつけるのか、「そうねえ」「そうなの」と受け止めてあげられるかどうかで、結局その家族とその周囲の人が、試されているような気がする。それに対応するためには、自分がいい状態でないとだめだ。その点、私は早いうちに、ルイーズのおかげで認知症対応のコツを聞いていたので随分救われた気がする。

表通りがやけにうるさい。クリスマス・イヴだ。夜一〇時、コートを着て外へ出てみる。

チャンティ通りからディエンビエンフー通りにかけて、街中の人が暴走族になったかのように、バイクをブカブカふかして走っている。

「豪儀のんだのう。バイクに二人乗りして。子どもまで乗せてそう。みんなどごへ行ぐがんだ？」

「ただグルグル回っているだけ。どこも行くとこないけど、これが楽しいのよ」

「元気のンダこと。ほんにみんな楽しそうだ。こういう息抜きもいいのお」

下宿の入り口のゾイ婆の居酒屋は大繁盛だ。店からあふれたお客が、歩道を一〇メートルも埋めつくしている。薄暗い通りでキュウリに塩を付け、看板婆ちゃんのギターを聴きながら、茶碗《ちゃわん》酒をグビグビ飲んでいる。

私たちも部屋に戻ってアルコールを飲もう。残り少なくなったコニャックを奮発した。味わって飲む私に、相変わらずグイッとイッキ飲みする母。

「ああ、そんなに飲まないで」

「ハア、これで終わりだ」

と言いつつも、私が自分用に注いでおいたのを、いつのまにか飲んでしまう。

「……」

夜は更けた。母は「ゴオオ～ゴオ」と高いびき。表通りからも、けたたましいバイクの騒音や警笛が鳴り響き、とんだクリスマス奇想曲となった。

広場でおしっこ

一二月二五日　晴

夜、ランちゃんがバラの花束を抱えて訪ねてくれた。私が彼女と出会ったのはまだ彼女が大学生の時だったから、もう一〇年以上の付き合いになる。今では相互協力の仲である。彼女は日本企業で働いていたこともあったが、ノウハウを会得するとフリーの通訳になり、最近では会社を立ち上げて活躍している。

「母を連れて来た」

と告げたとき、

「じゃ、ワタシのおばあちゃんにもなるわけですね」

と嬉しいことをいってくれた。

「ようこそベトナムへ」

といって紅《あか》いビロードのようなバラの花束を母に渡す。

「オラ、ほっけんことは慣れてないから……」

と照れながらも満足気だ。

「話の邪魔になるから消せえや」

軽音楽のBGMを「消せ！」と仕切る。紅茶を飲みながら話すのには、ちょうどいい音楽なのに。音楽に慣れていない母には、「うるさい」か「失礼」に思えたのかもしれない。日本にいたとき、掃除をしながらのテレビは「見ていないなら切る」といわれ消された。この人に「ながら族」は通用しない。

一二月二六日　曇天

朝からどんより曇っている。でもこの季節のハノイでは普通のことだ。

「だども雪や雨よりは、いい天気だ。越後よりいい」

と、あくまでプラス志向の母。

午後バーディン広場まで歩く。軍事博物館を通り過ぎた頃、もそもそしながらいった。

「おしっこ、するとこあるかのお」

年寄りは出たいとなったら待てないのだ。辺りをキョロキョロする。航空会社があった。あそこの会社に入ろう。というわけで「パシフィック航空」のドアをたたく。若い社員たちは、やさしい眼差《まなざ》しで母を見ていた。日本で、それもオフィス街で、ババ連れがトイレを借りることなど想像できるだろうか。

「ああベトナムでよかった」

さらに歩き、交差点で立ち止まる。

「役所の前に噴水があるんだかのお」

珍しそうにしばし見入る。それからやっとホーチミン廟《びょう》のあるバーディン広場に入ると、

「いいどこだねえ。広くてねえ。ほんにいいどこだ」

車やバイクが遮断される場所なので、広々として気持ちがいい。母の歩調で歩くにはもってこいである。そこまでにしようと思ったが、母はまだ先を行く。どんどん歩き、迎賓館として使われている大統領府の前まで歩いた。ちょっと赤坂離宮の趣きを感じさせる。

「いいとこだねえ。立派な建物だねえ」

あんまり感心するので敷地内に入ると、

「珍しい木だねえ。あの木なんてんだろう。あれはバナナかなあ」

大きな芭蕉《ばしょう》の木を見ていう。椰子《やし》やブーゲンビリアも、珍しそうに見ている。屋根まで届くポインセチアの木も見つけた。クリスマスの頃よくあちこちで見かける赤い葉が特徴的なので見つけたようだ。

鎮武観を通り、西湖畔に出てしまった。天秤棒《てんびんぼう》の籠《かご》に、茹《ゆ》でた里芋や山芋、サツマ芋などを並べて売る人、自転車に背丈ほどもある荷をつけたポップコーン売り、みかん売り、りんご売り……。路上のお茶屋。

「バ・オーイ（お婆さん）、バ・オーイ」

と声をかけるバイクタクシー。にぎやかである。西湖の遊覧船乗り場前でタクシーをつかまえて帰宅する。

いい男だねえ

一二月二七日　曇天

この季節特有のハノイの冬模様だが、日本海側気候とも似ていて曇りが多いものの暖かい。昼前にハノイの日本大使館に行き、母の在留届を出してきた。ハノイ在住者では最高齢らしい。二〇〇一年一〇月現在、外国に住む日本人は永住者も含めて八三万九一三八人だというから、今日あたりは八四万人になっていることだろう。これまでで、もっとも多い数とのこと。何せ、うちの年寄りが外国に出る時代だから……。

夜、ホアンキエム湖畔にある水上人形劇を観に行った。

「今日は散歩していないから歩いて行こうて」

といわれて歩く。「牛に引かれて善光寺参り」ならぬ「Baに引かれて水上人形観劇」。夕方なので、バイクの往来が激しく運転も荒っぽい。年寄りが歩いていてもビビビ！と、けたたましく警笛を鳴らす。歩道では障害物競走のように露天商の椅子やら商売道具が並び、車道を歩かなければならないので疲れる。でも私が疲れてはならない。慣れない母はもっと疲れているはずだ。

この国は儒教精神があって、「老人にやさしい国」ではあるが、ひとたび乗り物に乗ると性格が変わってしまうような気がしないでもない。

水上人形劇の舞台を、彼女は身を乗り出して観ていた。人形が田植えや魚捕りなどの労働をする。火を吹く龍の舞いや獅子《しし》舞い。鳳凰《ほうおう》の舞いに亀や水牛などがユーモラスに演技をして、観客を楽しませてくれる。一演目終わるごとに拍手をしていた。

「いかったねえ」

お世辞ではないだろう。この人は、心にもないことはいわないから。

シクロで日本食レストランに向かう。興奮気味なので、夜風が肌に心地よい。観光客でにぎわうバオハイン通りから、ベトナム共産党の機関紙を発行するニャンザン本社を横切り、大教会広場に出る。教会通りからチャンティ通りに出て、すぐ「サイゴンさくら」がある。

「イラサイマセ」

発音は不明瞭《ふめいりょう》だが、声とおじぎで挨拶《あいさつ》であることが分かる。元気のいいアオザイ娘たちに迎えられた母は、奥へ奥へと進む。細長い店で奥はトイレが近いのでいい。

まぐろの山かけ、ぶりの大根煮、鉄火巻といなり寿司《ずし》を頼むと、母はガッガッ食べた。もう少し、平静に食べてもらいたかったが、この人は正直なのでそれは無理か。でもぶりの煮つけの皿の汁まで飲んでしまうので、私はつい周囲を気にしてしまう。でも考えてみれば、おいしいから「飲む」のだ。いや、お腹が空《す》いているからなのか。まるで家で私が粗食しか与えていないようではないか。でも食べられないよりはいい。

食べ終わってから、白いアオザイを着ている若い娘たちに年齢を聞いた。

「二〇歳？　そう、みんな若いねえ。オニイさんいくつ？」

「Baちゃん、日本語は通じないのよ」というと、

「じゃオマエ聞いてくんねえか」と頼まれる。

「ほほう、二〇歳。いいときだねえ」

「いい男だねえ」

ベトナム語で伝えると相手は照れた。また別の男性にいう。

「いい男だよ」

そう伝えると、片言の日本語でお礼をいってくれた。

「アリガトーゴラマシタ」

今まで知らなかった母親の一面を見たような気がする。

「ああおいしかった。うまかったなあ」

満足そうに夜のチャンティ通りを歩いた。満足した母親の顔を見るのは気持ちがいい。

それからクァンチュン通りからハイバチュン通りを抜けて家まで元気に歩いた。この辺の歩道は、比較的障害物が少なくて歩くには楽であった。道々母はいった。

「あの店の子らは親切だったね。若いのに大したもんだて。姿に親切味があって、たまげた。オラみてえの年寄りにも親切にしてねえ。喜ばれるろう、あの店は」

母が席を立ってから靴を履こうとしたとき、うまくいかなかった。するとアオザイ嬢と二〇歳の「いい男」がしゃがみ込んで靴を履かせるのを手伝ったが、そのことをいうのだった。私は黙って見ていただけだ。あまり手伝わない方が本人のためになると思って。でも、イザというときの待機はしていたのだが……。

帰宅してお茶を飲みながらも、何度も若者の親切ぶりを繰り返していたから、よほど印象的だったのだろう。

寝室で何やらぶつぶついう声がした。

「こら何だろと思ったら、鏡だんがのお（これは何かと思ったら、鏡だった）」

「そうだよ、今まで気が付かなかったの」

「何んか動くもんがいるから見たら、テメ（自分）の顔だったいや」

「しわくちゃのお化けでもいたと思ったかい？」

「だ〜すけソ（だからさ）、農家になんて鏡なんて無えすけの。タマゲタいや」

後は大笑い。Baちゃん、日増しに明るくなっていく。

神経が休まるのお

一二月二八日　晴
住宅探しに奔走。でも当然ながら現在の住宅より高いところばかりだ。その上電話の取り付けや家具の購入、引越し費用等々を考えると頭が痛い。もしそれをクリアしたとしても、母が「日本へ帰る」といったらおしまいだ。
現在の狭い部屋は、風呂《ふろ》がなくて、散歩もできなくても、中心街だ。大家さんやそのお手伝いさんの好意にもう少し甘えていた方がいいだろうか。今日現在の交換レート、一ドル一三二円で見積もると、家賃出費が年間二九万円オーバーすることになる。母は海外傷害保険にすら入っていないのに、ああ頭が痛い。
部屋にすきま風が入り寒いが、年中行事のように目張りをするので何とかなるか？母はベッドの上で、電気あんかを抱いて『百年前の東京絵図』（小学館文庫）に夢中だ。

十二月二九日 曇り時々晴

「今日はいっか（何日）だい？ ほう一二月二九日。暮れだんがのぅ」

「日本じゃ年末だけどベトナムじゃまだ一一月一五日だよ」なんて説明すると、頭がこんがらかるかもしれないと思ったが、一応してみる。だが母は意外にも呑《の》み込みはよかった。

「昔の日本もそうだっとの。年も数えでいってたしそぉ。ほっか、ベトナムの正月は二月だかい。それもよかろう」

そうそうその調子。Baちゃん、ベトナム生活が合うんじゃないの？

朝食はいつものようにオレンジのフレッシュジュースと、パリパリのフランスパン、紅茶とサラダ。ベトナム行きを前にして、松本市に住む友人近藤泉さんが東京の家に送ってくれたサツマ芋を、衣類の間に忍ばせてきた。実はこれ法律違反なのだが。

「取れたてのサツマ芋はおいしいねえ。ごっつぉ（ご馳走《ちそう》）だ」

一本の芋を半分ずつ分けて食べた。そしていつものように目薬をさす。食後の点眼はわれらのスキンシップの時間でもある。

「ああ幸せだのぉ」

「そうかの」

「そうだこっつぉ。雪掘りの心配もいらねえ。メシの支度もいらねえ。誰に気がねもいらねえ。こうして『食っちゃ寝の化けモン』してられるてだが、ほっけ神経が休まるこたぁねえの。あんまり幸せで……バチが当たりそうだて」

この言葉に私はジーンときた。

一二月三〇日　曇天

キッチンの掃除をしていたら、泉さんにもらった米に蟻がついていた。夏ならよくあることだが冬でもあるのだ。天気もいいので屋上に広げて干した。白い米から小さな赤蟻が湧くように出て来る。私は根気が続かないので、この仕事を母に任せた。確かにルイーズがいうように仕事をつくってやることは大切だ。母に頼むと張り切って蟻捕りを始めた。

「越後の蟻は米なんか食わねが、ベトナムの蟻は米を食うんがのぉ」

腕まくりして「コラコラ」、「オッ、こっちも」、「ホラホラ」と真剣。

「ハアてたまげた。米に蟻がのお。所変われば、いろいろ変わるのぉい」

蟻と格闘している母。「これはオレの仕事」といわんばかりに奮闘している。

日曜日はいくらかバイクや車が少ないので、朝の散歩がてら町内を一周すると、歩道だけでもいろいろな店に出会う。トニォム通りの路上朝食店。ブンという見かけは素麺《そうめん》風でさっぱり味の丼めし屋、おかゆ屋、おこわ屋、風呂場の椅子のようなものを置いてお茶を飲ませる茶屋等々。ハイバチュン通りの花屋街、これは葬式のときやご霊前に供える楕円《だえん》形の花輪だが、日本と違うのは花の一輪一輪が生花だという点だ。白い菊、黄色い菊、赤いダリアといったふうに色分けをし、花を台に挿す。私は最初、不謹慎にもパチンコ屋の開店？　と思ったが、お葬式の花も所変われば、色形が変わる。

「みんなよく働くのお。越後んしょ(衆)は働きもんだと思ってたが、ベトナムんしょもよく働くんだのおい。棒の先っちょに籠《かご》さげてソ(天秤棒《てんびんぼう》のこと)。若い娘が重いみかんやりんごを載せて、ひょいひょいと道を泳ぐように渡ってソ」

と感心することしきりだ。

朝食は徒歩で行ける「カフェ252」で、ホットミルクとプレスサンドにミックスサラダ。欧米系外国人観光客が多いところなので、母の興味はつきない。

「髪の毛や目の色が違っても、笑う顔はたいていおんなじだんがのお」

水上人形劇の時も舞台だけでなく、集まって来る欧米系外国人に興味を示し、見つめていた。母にとってテレビや写真で見る外国人ではなく、本物を見るのは今が初めてかもしれない。台北やハノイの空港で、文廟で、湖畔で、散歩の途中で、いつもそうした外国人に興味を示していた。母にとって日本人に似ているベトナム人は外国人だと思っていないところが救いかもしれない。

新世紀の大晦日

「一ヵ月半の日本公演は大成功でしたよ」

夕方、歌手のミントゥイさんが、わが家にやって来た。

「チ（お姉さん）が紹介してくれた『川の流れのように』、とてもよかったわ。前奏曲が始まるとすぐ拍手が湧いたのよ。歌い終わった後に涙をふいている人もいてね。チには去年『花』を紹介してもらい、今年は『川の流れのように』、みんな評判がよくて嬉《うれ》しかった。ほんとにありがとう」

ベトナム民族アンサンブルの歌手として、日本全国二七舞台を回って来た人だ。通訳として一緒に訪日したビンさんと、八歳の娘さんも連れて報告がてら訪ねてくれた。

「あなたも何か生活に変化があったんですって？」

「そう、母と二人暮らしになったの」

「おめでとう。ハノイ暮らしで困ったことがあったら何でも協力するからいってね」

そこへ母が現れた。

「おばあちゃん、こんにちは。ミントゥイと申します」

「オラ英語が分からねんなんが……。どうぞよろしくお願いします」と日本語でいう。

「Baちゃん英語じゃないよ、ベトナム語」

みんな笑い出す。さっきまで物おじしていた、娘のチャンさんまで声を出して笑う。

「お母さんが病気になったら私にいってね。お医者さんも紹介するから。もちろん、あなたのときもだけど」

と自宅の電話とケイタイの番号を書いてくれた。

彼女たちが帰ると、

「きれ～な人だったねえ。歌手かえ？　どっけの歌を唄《うた》うがんだ？」

というので彼女のCDをかけると、

「小柄のわりにしっかりした声だねえ」

「そう。だから『花』とか『川の流れのように』が合うと思ったんだよ」

「一カ月半も……日本へ。大したもんだ。豪気だ、豪気だ」

さあて寝るには早すぎる。カレンダーを見たらフルムーンとなっている。

「Baちゃん、屋上へ出てみようか」

「よしきた」

ああよかった、月が出ていた。

「いい満月だ。横っちょに星も見えるって（ようだ）だの。きれ〜だのぉ。越後の方も月が出てるろかのぉ？」

「ん……？」

一二月三一日　快晴　大晦日
大晦日《おおみそか》と元旦《がんたん》を日本的に過ごすため、ホテル・ニッコー・ハノイを利用することにした。下宿から車で五分のこのホテルは、ハノイ唯一の五つ星日系ホテルだ（このホテルとは後に縁の深い関係になるが、それはまた後の話）。

「はあ、着いたがんだかい」

母はキョトンとしているが、ドアボーイが丁寧に出迎えるので車を降りた。今回ここで、母娘が三九年ぶりに一緒に正月を迎えるのだ。つまり母と娘の記念となる門出の行事。このお正月パッケージがなぜいいかというと、大晦日の夕食と年越しそばがついているのだ。それに元日の朝食と昼食はおせち料理。午後には餅《もち》つき大会があり、あんこ餅や、きな粉餅のふるまいがあるという。過去九回の正月はベトナム的に過ごしてきた私だが、この辺で日本的に過ごすのもよいだろう。

懐は痛むが、精神的な満足があるのはいいものだ。人生たまには気張らんといかん！

一〇階からの眺めはなかなかだ。

「あの丸っこいのは何だいの？」

「サーカス小屋」

「ほっかい。サーカスなんてんがまだあるかい。あの森は何だいの？」

「公園。レーニン公園というところ」（〇三年から「統一公園」に改称）

「でっけえ池があるのお」

「バイマウという湖」

「海だかい？」

「そうじゃないの、ミズウミ」

「ふうん……」

どうやら母の頭の引き出しには「湖」という概念がないようだ。ホアンキエム湖だって「お堀ばた」というし。

「家がぎっしり詰まってるのお。雪が降らんすけ（降らないから）いいこと。だども火事や地震があれば危ねえのお」

「こっちの家は火事になりにくいよ。タイル床に家はコンクリで窓はガラスだから」

「そういうもんだかのお」

ここで母の改造計画をたくらんで、白髪を明るい栗色に染めた。風呂《ふろ》に入れ、手足の爪を切った。

手は農業で生きてきた人らしく節くれだって大きい。足のかかとは荒れてザラザラ。脂っ気が失《う》せているので、かかとの皮が靴下にぽろぽろむけて付く。その手足を見ながら、母の人生を考えた。


昭和二〇年の春、分家の後妻に入り、ひた走ってきた五六年。二ヵ月前に配偶者を失い、独りになった。そして今、一人娘の仕事場ベトナムに連れて来られて一緒に暮らし始めた。Baちゃんは伴侶《はんりょ》を失った今、新しい人生が始まったのだと思うと、ふと長渕剛《ながぶちつよし》の『乾杯』のフレーズが浮かんだ。

若い人と違って、後いかほどの寿命か分からないが、「新しい道のりを歩き始めた君に幸せあれ！」の気持ちだけは確かだ。ベトナムで迎えた新世紀の大晦日である。

二〇〇二年　元日　快晴
越後からは大雪のニュース。

元日の夜、母と越後の吟醸酒『貞心尼《ていしんに》』を飲んだ。

「オラア、ちょっとでいいすけに」

といいながら杯をグイッと干す。

「ハア、これでお絶ち（終わり）だテ」

と杯を伏せるがその後、私が飲んでいると、

「どっけの（どんな）味だったか忘れたいや」

と、私の杯を取ってグイッと再び飲み干す。何だかんだといってまたグイッ。

「オマエは手のかからん、いい子だったのぉ。ツグラ（藁《わら》製の赤ん坊入れ）にしっかり入れての。最初の子は死なせてしまった。忙しくてかまっていらんねかったんど（面倒みられなかった）……。乳もやらねで……。山から戻られねえがんだすけ、死ぬこてや。家へ着いたらぐんなりしてたがんだ。今みてえに人手が無くてのぉ。オマエはよく死なんかったのぉ。よく育ったと思うよ。あっけ、かまわんかったがんに、不思議でならん……」

初めて聞く話だ。自分はそんなふうにして育ってきたのか。母の目がうるんでいた。認知症でも最初の子（戸籍簿にある私の兄）を死なせたことを覚えている……。

この病気をあなどってはいけない。上手に付き合えば、記憶の引き出しからもっと宝物が出て来るかもしれない。

そしてさらにいった。

「年取ると嫌だのぅ。目やにだ、ヨダレだ、タラタラ流れるんがのぉ」

感情面はしっかりしている。素敵な年始の夜だった。

第二章　案ずるより産むがやすし

荷物はパスポートと紙オムツ

着る　母は日本を出るとき、私のお下がりに着替えさせただけの「着たきりスズメ」でやって来た。荷物はパスポートと紙オムツだけという、まさにゼロからの出発であった。

越後では、絣《かすり》のモンペにエプロン姿という田舎風定番スタイルだった。その上雨が降っても降らなくてもゴムの長靴を履いてブカブカと歩くのが「いっち落っ着く（一番落ち着く）」といっていたのに、今では、娘が太って着られなくなった猫柄のセーターに、ユニクロの起毛パンツにスニーカーを履いてホアンキエム湖を散歩している。

食べる　母はすぐベトナムに馴染《なじ》んだ。特に心配したのが食べ物だったが、安心した。チャオスオンという糊《のり》状のおかゆも、米粒が残るチャオといわれるおかゆも難なくクリアした。ソイといわれるおこわも種類が多くて喜んだ。ガックという木の実で染めたオレンジ色のソイドウ、落花生入りのソイラック、紫色のおこわのソイデン、とうもろこし入り、パパイヤ入り、みんな試してみたが、どれも嫌いなものはなくありがたかった。

またブンチャという米粉でつくった麺《めん》と焼肉を一緒にタレにつけて食べるものなど

は、汁まですすった。フォーというどん風のものも当然大丈夫で、これもレンゲを使わず、どんぶりを持ってズズッと飲んだ。ベトナムではどんぶりに口をつけてすする習慣はないので、ヒヤヒヤしながら周囲を見回してしまう。

住む　越後では、木造二階建ての、小さな家で暮らしていた母だが、ハノイの下宿は鉄筋コンクリート四階建ての三階部分。その階段は急だ。バスタブもないし、日本のテレビもない。とにかく部屋にベッドをひとつ増やしただけの荒療治。でも結構お気に入りのようであった。

ベッドなので布団の上げ下ろしがないこともそのひとつ。そして屋上に出て、

「今日も青空だのう」

「空が広いのう」

と目を細めながら周囲を見渡す。「これ曇りでしょうが」というと、

「越後にくらべれば、いい天気だ」

と、あくまで前向き。比較対象が冬の日本海側なので大いに助かる。

歩く　ハノイ中心部の住宅地の歩道は、ほとんど歩道の用をなさない。

特に朝のトニォム通りは路上食堂となり、市場でもあり、喫茶店、洗濯場、たまに子どものトイレと化す。その後の時間は、バイクや自転車置き場になり、揚げバナナなどの甘味屋になり、夜はするめ焼き、とうもろこし焼きから一杯飲み屋まで出る。

額縁屋は路上で作業し、マネキン人形屋も歩道で仕事をするので、歩く人は車道に下りなければならない。

「よく働く人たちだねえ、ほんによく働く。たまげたのお」

母はまるで障害物競走でもするように、歩道と車道を器用に行き来する。

祈る　ベトナム人は信心深い。毎月二回、旧暦の一日と一五日のお寺参り、教会のミサ、さまざまな宗教はもちろん、一家でも祖先礼拝、土地神様、金持ちになる神様などいろいろ祀《まつ》っている。大学生のお寺参りは、デートの隠れミノにもなっている。

大家さんは旧市街で靴屋をやっているので、とくに商売繁盛を熱心に祈る。この国の看板は「社会主義」だが、迷信をはじめ神頼み心や占い心が強い。祭壇にお供えするティエンマーという紙銭は、自国通貨のドン紙幣でなく、米ドル紙幣の方が人気があるのは面白い。

ある日の夕方、ふと気付くと母がいない。一階に走ったが、「来てないよ」と高校生のトゥイさんがいう。どこへ行ったんだろう。まさか屋上？　転落したら大変、と急な階段を登った。そこには線香の煙がもうもうとたちこめ、大家のカインさんと息子が両手を合わせ、体を上下に大きく動かしていて、お祈りの最中であった。神聖な場所をうろつくのは悪いので引き上げてきた。かなり経ってから母が部屋に戻ってきた。

「どこへ行ってたの？」

「お祈りを見てたがんだて。すぐ終わると思ったけど、なかなか終わらねんがのう。中座するのは悪いしそう。一緒に拝んで、終わるがんを待ってたんだて。はてはて、こっちんしょの信心深いんにはたまげた」

私がのぞいたときは二人しか見えなかったが、あの扉の陰の死角にいたらしい。まるでマンガのようだと思う。この先、たまげたことが起きないように、ここはひとつ私もお祈りした方がよさそうだ。

「旧知の友人」ベトナムへ集合

二〇〇二年二月四日、わが下宿にNHKニュースが映った。

「Baちゃん、日本のテレビだよ」

「そらいかったねえ。いかった、いかった」

母の喜ぶ姿を見ると、私も「いかったかな」と嬉《うれ》しい。

とはいっても、わが家の場合、アンテナと受信機を買ったものの、NHKワールドという種類なので、映るのはニュースなど最低限の情報のみ。ドラマや相撲といった娯楽番組は映らないが、日本語で聞ければ十分だ。私は過去一〇年、日本語なしで過ごしてきたが、それを母に押しつけるわけにはいかない。

「嬉しさも　中くらいなり　おらが春」

と口ずさんだ日であった。

それにしてもベトナムの、こんな狭い路地裏通りの普通の民家で外国の番組が衛星アンテナで受信できるなんて、数年前にはとても想像できなかったけれど、今やおカネさえ出せば設置できるのだ。現地の事情を知らない母は、「当たり前」のように観ているが、これまでの私の生活からすれば革命的なことであった。

ハノイの下宿でNHKが観られるようになり、ずいぶん助かっている。母の生活も少しずつ定着してきた。八〇過ぎの老婆が、文化、生活様式の違う見知らぬ外国で、分からない言葉だけが騒々しく聞こえてくる環境に置かれたとき、知っている顔は私だけだから日本語による映像の力は大きいだろう。

朝、昼、晩、画面に映る、以前から見慣れたアナウンサーの顔を見ると気分が落ち着くようだ。たとえ画面を介してのみでも、見慣れた顔には安心感がある。私自身がそう思ったのだから、Baちゃんはもっとそうであろう。ニュースの顔的存在の、畠山《はたけやま》智之《さとし》アナウンサーが映ったときは、

「この人は、そんまこないだ(少し前)まで越後の方にいたっけが、ベトナムに来たんがのう」といった。「ニュース10」の森田美由紀キャスターを見たときも、同様だ

った。そうして何人かの「顔見知り」をキャッチした後、「アナウンサーも、みんなオラと一緒にベトナムに来たかのう」の言葉には「はあ？」と、しばし絶句……。そして噴き出しそうになった。

母は衛星電波なるものが分かっていない。でもそんなことはどうでもよい。私にとっては母が安心できることが一番嬉しいのだから。それ以後テレビを見るたびに、「このアナウンサー、ふさんこったのう（しばらくぶりだ）」と、懐かしい知人にでも会ったかのように、画面に齧《かじ》り付くようにして見る。母にとっては「旧知の友人ベトナムへ集合」という感じだったかもしれない。今回は何かと出費が多かったので、こういう契約しか申し込めなかったが、いつか〈ワールドプレミアム〉に切り替えて、連続ドラマや相撲、歌謡番組を見せてあげたいと思う。一ドルが一三四円当時のことだから、円生活の私には最悪レートの換金であったが、これで母の精神的安定が買えるなら、この投資は無駄ではない。むしろ、とてもいい買い物であったと思う。

日本ではチャンネルが多すぎて選びきれないが、当地で日本の映像は一つだけ。その分、番組ときちんと向き合い、食い入るように見る。なんだかラジオ放送が開始された頃のようで、ちょっとおかしいかもしれないが。

他には日本から友人が録画して送ってくれる民放のドラマや、駐在員が帰国するとき置いていってくれた時代劇や、映画のビデオも役立っている。『水戸黄門』や『暴れん坊将軍』『遠山の金さん』など、何度も繰り返して見ているが、認知症のありがたいところは、何度見ても「今が初めて」なので、とても助かることだ。

「またひとつ　ハードル越えたぜ　二〇〇二年の春」

お〜い、Oi

ベトナムの朝は早くてにぎやかだ。
春の朝六時はまだ暗いが、共同井戸では誰かが体を洗っている。ザッ、バシャバシャバシャ。
ガランガランとブリキのバケツが転がる音。ガア、ペッ、ガア、ペッペッ、バシャバシャ、バシャバシャ……。やがて音は子どもを呼ぶ声に変わる。
「チャオ・オ〜イ」(子を呼ぶ親の声)
五所帯もいれば、生活音は絶えずある。少しずつ辺りが白んでくる。
ケロッ、ケロッ、ピピ。(鳥のさえずり)
「メ・オ〜イ」(「母ちゃ〜ん」と呼ぶ子どもの声)

「ボ・オ〜イ」（「父ちゃ〜ん」と呼ぶ子ども）
ケロッ、ケロッ、ピピ。（鳥のさえずり）
「チャン・オ〜イ」（「姉ちゃ〜ん」と呼ぶ子ども）
「チャン・オ〜イ」（チャンさ〜ん）

母が「おい、誰かが呼んでるよ」と私を起こす。

「誰も呼んでなんかいないよ」

「そうかい？『お〜い、お〜い』と聞こえるがのお？」

あまり何回も「誰かが呼んでる」とうるさいので、私は「お〜い」から逃げようと、一人でホアンキエム湖まで散歩に出た。しかし朝の路上もにぎやかだ。天秤棒《てんびんぼう》に茹《ゆ》でたサツマ芋を載せて売る女性に圧倒される。バナナ売り。バインダーという米せんべい売り。頭の上にかごを載せて、

「ア〜イ、ムア、バインミ〜ホ〜ン（パンはいらんかね？）」

といいながら売り歩く女性たち。かごを脇に抱えて歩くのが餅《もち》売り、路上にかごを置いて座って売るのはおこわ売りなどみんな女性だが、ただ一人、

「タ・フォオ！」

といって語尾をあげる声は、杏仁豆腐《あんにんどうふ》のようなものを売り歩く男性だ。とにかくベトナムでは朝食は外食で済ませる習慣があるせいか、朝の路上はもの売りであふれ活気

がある。家に戻ってしばらくすると町内放送が始まる。

「ディラ、ティン、ノイ、クアナム（こちらはクアナム放送です）」

ガアガア、ワアワアがなりたてる。乳幼児を持つ人はワクチンの接種をするように とか、中部で大洪水があったので支援しましょう、といった回覧板の音声版である。音の悪さと、雰囲気に驚いた母は、

「戦争か？」

「いや、ラジオみたいなもん」

「昔のう、ああいう音、聞いたことあるよ。『空襲警報発令！』なんていったもんだ」

若い頃の記憶は残っていた。それに「お〜い」の響きに、知らない土地ながら馴染《なじ》みのようなものを感じたようでもあった。

近況挨拶

越後を出て三カ月。母は八二歳になり、生活も少し落ち着いてきたので、日本の親《しん》戚《せき》や友人、お世話になった人たちに近況報告の挨拶《あいさつ》の手紙を出すことにした。
〈拝啓　あっというまに年が明けました。「一月行っちゃう、二月逃げちゃう」

といいますが、時の経つのはほんとうに早いものです。父の納骨をすませ、母と上京して早くも二カ月以上経ちました。この手紙が届く頃は、三月過ぎになりましょうか。

お世話になったり、ご心配をおかけした皆様に早くお便りをと思っていましたが、長期間ハノイを不在にしていたため、雑務処理やらなにやら落ち着かず、今頃となってしまいました。

下宿の大家さんや、近所の人たちも親切で協力してくれるので助かります。それから、こちらへ来て入れ歯を六本治しました。日本を出る前の一月に手術した白内障の方も経過がよく、

「青い空だのう」

「月がきれいだのう」

まではいいのですが、床の細かいゴミまで気にしたり、汚れにも目が届くので掃除が大変です。友だちは若い人はいませんが、日本からの留学生や研究者、また日本語ができるベトナム人がよく来てくれるおかげで楽しく過ごしています。

そして意外だったのは、Baちゃんは字が読めたことです。父からは「おら婆サ、ろくに字も読めねえ」と聞いていましたが、私の本棚からいろいろ出しては、見たり読んだりしています。特に『朝日ジュニアブック　日本の歴史』は、ふりが

な付き写真入りのせいかお気に入りで、「兵士たちはどこでどのように死んでいったのか」「製糸女工たちの楽しみは何だったのか」などを一生懸命読む姿は、驚きでした。

今、私たちのベッドサイドに一枚の写真があります。それは白内障手術で小出病院に入院したとき、知り合った人たちと写したものです。最近のことは覚えられないBaちゃんですが、そのときのことはまだ覚えています。

「いい婆《ば》っぱたちだったねえ。ほんに親切でいい人たちだった」と、今でも時々懐かしそうに写真を見ています。同時代を体験した四人が、おクニ言葉で、何のしがらみもなく、気楽に話し合えたことがよほど嬉《うれ》しかったのでしょう。病院という場所柄ではありましたが、出会いに感謝しています。

この二週間の入院生活は、眼がよくなることもそうですが、配偶者の死による過去との決別、気持ちの整理の時間と空間を持つ場としてもよかったでしょう。そして、その間の家での話し合いなどが、私たち二人のベトナム行きを決意させたのだと思います。

私たち母娘《おやこ》の旅立ちにあたり、昭和三八年に卒業した堀之内中学三年G組有志による送別の宴を開いていただいたことは、私への大きな励ましとなりました。

仕事や家庭の事情で参加できない人からも、遠方より励ましの電話をいただきました。卒業して四〇年にもなるのに「同級生はいいなあ」と感動しました。

私は一五歳で上京したので母のことはあまりよく分かりません。でもこれからの人生の残り時間を二人で共有し、三九年間の空白を埋めてゆきたいと思っています。そのことをお伝えしたく一筆取った次第です。

今年七月には東京―ハノイのJAL直行便が飛びます。ハノイも近くなりますので、ぜひベトナムに遊びに来て下さい。あたたかいご支援、ご声援ありがとうございました。

みなさまとご家族のご健康をお祈りいたします。

ヒロ婆八二歳の誕生日　　　　ハノイにて　小松みゆき〉

バクニン地方の午後

越後の山村で暮らしていた母が、今日はベトナム北部のバクニン省に出かけた。この地方はハノイの北東四〇キロにあり、ベトナム民謡・クァンホーの故郷といわれているところだ。そこにはズンバアちゃんがいる。前から、「遊びに来い」と何度も電話をもらっていたが、なかなか行けなかった。今回はババ連れで訪ねることにした。ズンバアとは二〇〇〇年の夏、とある旅行社が企画した〈中国・雲南省への旅〉で知り合った。ベトナムから列車の旅だったので、昆明や石林に着くころは、昔からの知り合いだったように親しくなり、いい思い出になっている。そのときの添乗員チンさんの故郷もバクニン省で、見習い添乗員のハイさんも母の世話係として同行してくれたので、にぎやかであった。

市内から紅河を渡り、旧・一号線を北上すること四〇分。一面に緑の水田が広がる。二月から三月にかけて一期作目の田植えが終わり、田が青々として美しい季節である。ずうっと無口だった母が口を開いた。

「広いねえ」

「きれ〜だねえ」

「牛もいるねえ」

キャベツ畑の前で車を降り、あぜ道の脇を通ってズンバアの家に向かった。

「前にも来たことがあるのう」

「初めてだよ」

「いや来たことがあるて」

「ハア〜？」

それほど日本と変わらない田園風景だったのかもしれない。

村は映画で見た中国の田舎のように、各家々は煉瓦《れんが》塀に囲まれていた。さまざまな果樹が塀越しに見える。どの家にも果樹を植えた庭があるようだ。

ズンバア宅の敷地に入った。

彼女は玄関まで迎えに出て、私を見るより母の手をとり、旧知の友が会ったときのように、右手でぽんぽんと肩をたたき抱擁した。そして「さあさあ」と、どんどん奥に引き入れた。母を椅子にかけさせてから、

「久しぶりだねえ」

とやっと私に順番が回ってきた。私たちが会話してる間、母は緊張し、何も話さなかった。

ズンバアは母の手をとり庭を案内した。

「これが鶏小屋」

「これは犬小屋」

「これはニャン（竜眼）の木」

ベトナム語なので何をいっているか分からないのに、うなずく母。

切り口が星形になる「スターフルーツの木」が一本、バナナの木は数えきれないほどだが、ざっと五〇本はあるだろう。大好きなバナナが目の前にたくさん実をつけて

いる。まるでグローブを重ね合わせたような感じで、天に向かって実をつけているのを見て、

「豪儀だのう。ほっけ（こんなに）いっぺえバナナがくっついてるてだが」

驚いている様子がよく分かる。彼女はバナナは高級品だと思い込んでいるので、興奮したに違いない。だんだん気持ちも和らいでいった。そして突然、ズンバアに、

「こちらは雪が降らないんですか？」

なんだ、なんだ。Baちゃん標準語なんか使っちゃって。

「お天気がよくていいですねぇ」

その顔に笑みを浮かべている。普段めったに見せない顔だ。

「うちの方は雪が降りますから、秋になると雪囲いをしなければならず大変です」

かなり早口でいった。

ハイさんが通訳すると、ズンバアは笑っていった。

「ワタシは死ぬまでに一度、雪を見てみたいなあ」

母は笑っていたが、

「こちらは雪が降らないんですか？」

さっきと同じことを繰り返した。「それはさっきいったでしょう」といっても、もう間に合わない。一、二分でその場を去れば感づかれないですむのに、後はテープレ

コーダーのように繰り返すだけ。真顔で同じ質問をする。ハイさんはそれを正直に通訳している。

それでもズンバアは嫌な顔をせず、丁寧に相手をしてくれた。

そのうち母が、

「今日は晴れてよかったのう」

「こちらはいいお天気ですねえ」

と天気のことばかりいうのでハイさんは、

「おばあさんはどうして天気の話しかしないのですか？」

と不思議がった。郷里の方では天候が変わりやすくて、いい天気の日が少ないため、

「晴れてよかった」とか、「雨で嫌ですねえ」とか、「降ってきそうですね」というのだと切り抜けた。

みんな不思議がったが、笑って見過ごしてくれた。考えてみれば面白いことだ。

ちなみにベトナムの親しい人同士の挨拶《あいさつ》は「アン、コム、チュア？（ご飯食べた？）」だ。たとえ食べていなくても「アンゾーイ（食べました）」と応《こた》えるのが礼儀。

それを最初私は知らないので「チュア（まだです）」というものだから大家のカインさんがびっくりしたことがあった。それぞれの文化に特徴的な挨拶があるものだ。

ズンバアがキンマーの葉を噛《か》むのを、母は見逃さなかった。

「それは何ですか？」

「これを噛むと虫歯にならないし、タバコみたいにおいしいよ」

と歯をムキッと見せた。すると、

「いい歯ですねえ。わたしはこれ！」

というやいなや、入れ歯に手をかけた。

「Baちゃん、見せなくていい！」

といったが間に合わなかった。ったく変なとこで素早いんだから。

ズンバアはキンマーの葉にビンロウと石灰をまぜて口にポイと入れた。

「越後にもああいうのがあれば、丈夫な歯でいられるこてやのう」

独り言のようにいう。

ズンバアが私に勧めるので、石灰入りキンマーの葉を噛んでみた。

味は？　これは、お歯黒という名の、タバコ的嗜好《しこう》品ではないのか？

母の表情は柔らかくなり、なんでも珍しそうに見ていた。そしてお昼をご馳走《ちそう》になり、バクニン地方の午後の時間はゆっくり流れた。

大か小か

地方に行って困ることは厠《かわや》、いやトイレである。

六一市・省を踏破した私にとって、たいていのことに驚きはしないが、今回はちょっとまいった。バクニンの市場で買い物をしているときのことだった。

「ちょっとトイレに行きたいんだけど」

母がいう。痩《や》せていて冷え性の彼女はトイレが近く、乗り物で移動するときも最大の問題であった。それに市場のトイレは最悪だ。遠い、臭い、汚いのＴＫＫ。

もう少し先に行けば畑があるから、そっちの方がいいのに。でも出るものは我慢ならないから仕方ない。

子猫や子犬が売られているところから、竹籠《たけかご》、サトウキビ、野菜、魚肉売り場を通り越したかなりはずれにトイレがあった。Ｎａｍ（男）、Ｎｕ（女）とあったのでＮｕの方に入った。入ってはみたものの、

「どごでするがん？」

と聞く。確かに。溝があるだけのセメント床だ。その奥に戸板がついたトイレらしきものがあったが、重そうな南京錠がついていたので使えず溝の方でさせた。

用がすんで外へ出ると、大男が腕組みして仁王立ちしていた。そしていった。

「カネを払え」

ホアンキエム湖のトイレは紙なし（小）で一〇〇〇ドン（約八円）、紙付き（大）

で二〇〇〇ドンだ。ここは地方だから一〇〇〇ドンくらいが相場だろうと思ったが、

「バームイギンドン（三万）」

と凄《すご》む。一瞬、耳を疑った。聞き返したがやはり変わらなかった。

「ダックア（高い）」

　譲ったとしても三〇〇〇ドンである。朝であったが相手は酒気をおびていた。ベトナムではよくあることだ。私は酔っ払い男と値段交渉した。怒鳴られている姿を母に見せたくないので車の方へ追いやった。酔っ払いはさらにエスカレートした。

　市場のおばちゃんたちは、いい見世物があるという感じでにやにやしながら見ている。こういう話を駐在員や観光客にすると決まっていう。

「たかが三〇〇円でしょ。黙って払えばいいじゃないですか」

　でも私は値段の問題ではないと思っているので、いつも頑張る。いつまで経っても戻らない私を心配して、車からチンさんがやってきた。理由を話すと、

「小松さんは向こうへ行ってて下さい」

といってくれた。こういうときは、ベトナム人同士でケリをつけるのが一番いい。

「チンさんが決めた金額で払いますからね」といって去った。しばらくして彼が戻ってきていった。

「おばあさんは大でしたか？　小でしたか？」

「はあ？　どういうこと」

「それによって、値段が違うそうですから」

そういうことか。

「小です」

「でもあの男は大だといっています。そして大なら鍵《かぎ》をもらって、大専用のところでしてくれ、といっていますが」

疲れた。私はBaちゃんに「ここでするのか？」と聞かれたとき、すでに前の人の「残骸《ざんがい》」が「残っていました」と説明しなければならなかった。もう後は笑うしかない。

車に戻ると、

「遅かったねえ」

のんきに笑っている。母はVIPのように行動してくれるが、

「あんたの後始末をしてたんだよお」といいたいのを胸に収めて、ただただ苦笑。

やっとチンさんが帰ってきた。

「大は前からの残り物で、お婆さんは小だったということで話をつけました」

「チンさん、嫌な仕事をやってくれてありがとう」

みんな笑った。それにしてもあの男、「大か小か」と判定してゼニをとっているか

と思うと気の毒になってしまう。

戦争の記憶

「ベトナムじゃまだ戦争してるてだかのお?」

散歩の途中で唐突に聞いてきた。

「どうして?」

「軍人がいっぺえ(たくさん)いるすけそう」

ディエンビエンフー通りを歩くと、軍事博物館もあるし、ベトナム人民軍の敷地なので軍服を着ている人が目立つ。母の頭は軍服着用=戦争中を思い出すようだ。その上、目的地のホーチミン廟《びょう》のあるバーディン広場に着くと、

「オレの兄はここを行進したんだのう」

「ベトナムで戦死したがんだ」

という。

「戦死したとこはフィリピンだよ」

と、いちいち訂正していたが次のとき、またベトナムに戻ってしまう。それでそのまま「そうねえ」ということにした。

「兄がいなくなって、家んしょは難儀した。その次は弟が兵隊に取られてのう……」

中国湖南省で戦病死した弟のことを思い出したようだ。

「あの子は小さいとき、囲炉裏で火傷《やけど》してのう、手が上がりにくかったが兵隊へ取られちまった。あの手じゃ軍隊で苦労したろうて」

認知症でもこうした記憶ははっきりしていた。違うのは戦死した場所だけだ。

この広場から帰るとき、

「オラどこの（家《うち》の）兄が戦死したベトナムなんてどこに来て見られていかった。オマエのおかげだて」

そう思っていられることは幸せかもしれない。

彼女は散歩中に、制服姿の人の前を通るとき頭を下げる。それが交通警察でも、公安でも軍人でも、会社や銀行のガードマンでも、「ピョコン」とお辞儀するのだ。もう条件反射のようなものかもしれない。ハノイには交通警察が多いので、信号のところにくると「ピョコン」。ちょっと歩いて又「ピョコン」となってしまう。今日の散歩は誰と行ったのか、天気はよかったのか、何も分からないのに、若いときのことはDNAのように組み込まれている。

母は家に遊びに来る日本からの留学生をつかまえてはいう。

「昔はハタチになればみんな戦争へ行ったんだよ。こうやって（敬礼の格好）さあ」

「今はいいねえ、戦争がねえからさ。お宅さんのような若い人は見られんかったよ」

といって肩をぽんとたたく。ベトナムの学生が来たときもそういった。

「はあ」

すると彼女は、

「おばあさん、ベトナムだって一八歳になれば軍隊に行きますよ」

と得意そうにいうものだから、母は頭がこんがらがって、キョトンとしてしまう。その上「ベトナムは兵役があるので男子は入隊しなければならないが、特例があって大学生と健康でない人は行かなくていい」なんてことを話したらますます混乱するだろう。

続・戦争の記憶

「どうしても行きたいお寺があるがんだども、オマエ一緒に来てもらえねろうか？」

机に向かっている私の横で真剣な顔をしていう。

「どこへ行くの？」

「すぐそこのお寺だ」

近所に寺なんかあったかなあ、と思いつつも、ちょっと行ってくれれば気が収まるだろうとついて行った。

なんでも、兄の名前が書かれた「御札《おふだ》」が昨日の散歩で見つかったのだという。御札とは、戦死広報が届くと戦死者の名前を書いた半紙のようなもので、天神様（わが村の神社）の鴨居に貼り出された白い紙のようだという。その御札が風ではがれて飛んでしまい、お寺の境内に落ちていたので、それを拾わなければならない、というわけだ。これは認知症に特有の妄想ないし思い込みなのだが、かなえてあげようとついて行くことにした。

トニォムの家を出て、チャンティ通りの病院前の物売りや人垣の中をスタスタ歩いた。

「すぐそこのお寺」というからついて来たのに、どんどん進む。いつの間にか国会図書館を過ぎ、ベトナム航空のあるクァンチュン通りも過ぎた。「サイゴンさくら」を過ぎ、とうとうホアンキエム湖に出てしまった。

「ほっけ（こんなに）遠くねえがんだどものお」

あるわけないでしょう。はなから夢を見てるんだからと思ったが、黙っていた。朝の起きがけはいつも、突拍子もないことをいうのだ。ただ、今日はそれが真剣だった。そうこうしているうちに素早く、路上茶店のおばあさんに声をかけた。

「ちょっとすいません、お寺はどっちでしょうか？」

おお、日本語だ。それも私の時と違って標準語だぜ。相手は何を聞かれたか分からないのに、何を思ったか「あっち」と道の先を指差した。すると母は、

「ありがとうございました」

というや、私の手を取り信号を渡った。茶店のおばあさんが「あっち」といった先にはオペラ座が見えるだけなのに……。目の前は国営デパートだから全然違う。母にさっきまでの勢いが消えた。

「ここじゃねえな」

かわいそうなまでに落ち込んで、とぼとぼ歩きになった。

「せっかくだから一回りして行こうよ」

と励ますしかなかった。国際郵便局から水上人形劇の小屋の前を通って湖を一周して湖畔のベンチで休むことにした。

「すぐそこじゃなかったねえ」

「だすけそう（だからさあ）、オラそう思ったんだども（けど）のぉ」

妄想にお付き合いするのもくたびれる。

いないいないBa

「わたしは言葉が　わからない　迷い子になったら　なんとしょう」

と歌うのは童謡の『青い眼の人形』だが、黒い目の母とて同様である。

働き者だった彼女は、故郷の越後で、冬は屋根の雪下ろしや玄関の雪かき、春はぜんまい採りや山菜採り、夏は家のまわりの草取り、秋は家の囲いなどの冬支度を八一歳までやってきた。その他に日常の炊事、洗濯などの家事がある。体の動きは若い人のようにはいかないが、マイペースでこなしてきた。それがベトナムに来てから体を動かすことがないので、外に出たい気持ちは強かったようだ。でもこのころ私はまだ、それに気付いていなかった。

それは大家さんが掃除のためにドアを開けた、ほんの五分くらいのすきに起きた。私が帰ってくると母がいない。誰かと散歩に行ったのかと思い、大して気にもしなかったが、夕方になっても戻らないので、大家さん一家に聞いてみたが誰も知らないという。それから母が行方不明になっていることが分かり、大騒ぎとなった。

これまでも私たち親子が暮らす三階から下に降りて、一階の大家さんと一緒にテレビを見たり、お茶をしていることはあったが、玄関の鍵《かぎ》は常にかかっていた。大家のカインさんは責任を感じて隣近所や、旧市街の実家にまで連絡し、みんなで手分けして探すことになった。近所の人以外は母の顔を知らないので、見つけられるのかなあ、と思ったが、その気持ちはありがたかった。

私はA紙のスタッフのTさんに電話をして捜索協力を求めた。夕方五時過ぎだったが、幸い彼女はまだ支局にいた。

「いますぐ行きます」

ありがたい。ほどなくしてTさんが駆けつけてくれた。そしてカインさんと探し方の打ち合わせをした。Tさんは「今から警察に行く」という。

「このホアンキエム区の警察へ届け出て、それから町内放送への手配をします」

ということだった。町内放送は、朝夕二回流れる有線放送のようなものだが、そんなもので見つかるんだろうか。カインさんはバイクで、母の散歩コースを走るという。私は同じコースを歩くことにした。

ハノイの夕方の路上は、豆を撒《ま》いたように人が多く、簡単に見つけられるものではない。だんだん暗くなり不安になってきた。しゃべれる言葉は、日本語と越後弁だけだ。運よく日本人に出会えたとしても、母は住所も電話番号も分からない。日本大使館はもう閉まっているし……。あれこれ考えると動悸《どうき》がしてきて、息苦しくなってきた。

捜索願い

Tさんのバイクの後ろに乗って警察回りを始めた。初めに、わが町内のトニォム通りを担当している、ハンボン通りの警察へ行った。日本でいう派出所という感じだ。ここでは、氏名、国籍、年齢、服装および顔や体形の特徴といったことを書かされたが、はてどんな服だったか記憶にない。この三週間は、私のお古の猫柄セーターだったが、今朝、着替えさせたばかり。何を着せたか思い出せない。私も認知症になったのか……、多少のショックを感じた。

次のところも派出所だったが、もしディエンビエンフー通り方向に歩いたとしたらという想定で、ここにも届け出をした。私たちの家は、クアナム交差点に近いので、家を出て右に行くか、左に行くかで警察の管轄が分かれてしまう。

後はホアンキエム区の区警察。これは『ハノイ・モイ（新ハノイ）』新聞社の隣で近いが、夕食時間のためか、インスタントラーメンを作っている最中で、ちょっと迷惑そうな顔をされた。

最後は首都警察。これはチャンフンダオ通り七八番の内務省の中にある。そこだけは「外国人だから」ということで私は中には入れてもらえないため、守衛室の前で待った。この四カ所をまわって一時間が経過した。Tさんは、

「今ハノイではラックドウオン（迷子）が多いので、警察はあまり熱心に探さないかもしれません」

じゃ、真剣に探してもらうためにはどうしたらいいんだろうか。そういえば、たまにテレビで行方不明の子どもやお年寄りの捜索願いが、家族から出されているのを見たことがある。警察回りを終えて帰宅すると、ベトナム外務省のソンさんが大家さん宅で待っていた。友人が彼に連絡してくれたようだ。

「警察へは口頭だけではダメですよ。きちんと書面にしないと」

といい、すぐ彼は文書作成にとりかかった。

ベトナム社会主義共和国
自由　独立　幸福
私は○△に住むコマツミユキです。私の母スダヒロ・日本国籍一九二〇年生まれが、本日二時半から三時の間、家を出たまま行方不明になりましたので捜索の協力をお願いいたします。
服装　身長　体重……
二〇〇二年　月　日　署名

ソンさんはこの書面を五、六枚ほどコピーしてきた。これに写真を添付して、さっき回った警察に届けるというと、カインさんが一緒に回ってくれるという。ソンさん

たちは、

「夕方の町内放送は終わったので、明日《あした》の朝しかありませんね」

というが、もし見つからなかったら今晩Baちゃんはどこでどうやって過ごすんだろう。カインさんはすでに泣いている。やっぱり私も、あのときお祈りをすべきだったのか……。

外はもう暗いがじっとしていられないので、湖畔に向かって歩いた。どんどん考えが悪い方へ悪い方へ行ってしまう。

「空港はどっちの方だい？」

なんて聞いたことがあったから、空港行きのバスに乗ったか。まさか。いやベトナム人は年寄りにはやさしいので、ないこともない。歩き疲れて公園のベンチで寝てるとか？　救急車のサイレンの音が聞こえると、まさか交通事故？　救急病院にも連絡しておいた方がいいのでは？　じいちゃんの葬式が終わったばかりなのに、こんどはBaちゃんのなんて……。

もし、運よく見つかったとしても、あまりのショックから認知症が一挙に進行してしまうかもしれない。そうでなくても時々私に、

「オマエとオレは、どういう関係になるのかのう」

ということもあるぐらいだ。ベトナムに暮らしてまだ数カ月。まだ親孝行をしていな

いし、別れるには早すぎる。こんなに暗くなり、夜風の中一体どこにいるというのだろうか。更年期障害による咳《せき》がひどくなるし、胃の痛みが始まった。心臓がますます苦しくなってきた。

湖畔を汗だくになって歩いているとき、ポケットのケイタイが揺れた。

NHKハノイ支局のS支局長からであった。

「コマツさん、今どこにいるんですか？」

「ホアンキエム湖です」

「何やってるんですか？」

「……？」

「コマツさんのお母さん、どこにいますか？」

「いま、探しているところです」

「ホテル・ニッコーにいるそうですから、すぐ行ってください」

「!?」

何がなんだか分からない。でも確かに「いた」、らしい。

今度は信じられない思いと、意外な展開のため動悸がした。

ディンティエンホアン通りでタクシーを探しているとき、カインさんがバイクで通りかかった。彼女もじっとしていられなくて湖畔を回っていたのだった。

「いた。いたいた」

「どこ？」

「カックサンニッコー（ホテル・ニッコー）」

「どうして？」

「分からない」

カインさんは、信号を無視して走った。走行中、再びケイタイが鳴った。ニッコーのお客様担当係の山田晃子さんからだった。

「お母様がみえています。お待ちしておりますので」

「今向かっています。もうすぐ着きますから」

これでホテルにいることは確実だ。でもなぜ？

電話を終えると安堵《あんど》からカインさんの背中に額を押しつけた。そのぬくもりで急に涙腺《るいせん》がゆるんできた。周囲は暗闇で見えない。洟《はな》をすすり、目をこすった。十数分後、ライトが明るくまたたくホテルに到着。バイクを降り、ありがとうをいおうとカインさんの顔を見たら、彼女のほっぺたも光っていた。運転していて涙をふけなかったのだ。感謝、感激、感恩！

ホテルに飛び込んだものの母の姿が見えない。

山田さんと営業の久保田さんが、中央のソファーにかけていた。

「お待ちしておりました」

　二人が丁寧に迎える。よく見ると母は、二人の間に座りソファーに埋まって見えないだけのことであった。すぐにでも抱きしめたいという思いと、「この人騒がせな！」という思いがごちゃ混ぜになりながら、持参したカーディガンを肩にかけてやった。

「寒くないの？」

「寒くなんかねえ。親切にしてもらってさあ。お弁当までもらったよ」

「何のんきなこといってるんだ。大騒ぎになってるのに」と思ったがいえない。まともな人にならいってもいいが、認知症の人にはいってはいけない。

　山田さんは、

「コマツさんに連絡がとれないものですから、『もしお見えにならなかったら今晩わたしの部屋で一緒に寝ましょうか』って話していたんですよ」

「えっ……」

「オーイ」に困る

　母は見つかったものの、捜索の輪は広がっていた。

　そのあとしまつはカインさんの指揮のもと、手分けして行われた。大家さん宅には近所や親戚《しんせき》の人が集まっていて、対策を確認し合ったという。

部屋に戻ったのは夜一〇時過ぎ。母は、ホテルでもらってきたおにぎりをパクついて、のん気そのものだ。私は空腹感なし、胃痛も治まらず疲労していた。気が付いたら探し始めてから六時間も経っていた。

こんな大騒動があったなんてことも知らず、本人は高いびきで寝ている。

ある日、行きつけの喫茶「カフェ1」にいるとき、ハノイのヌシ的存在の近藤さんが、

「ばあちゃん元気？」と聞いてきた。

「Baちゃんは元気ですが、私がちょっと……」

「だろうな。で、ばあさん放ったらかしてどこへ行ってたの？」

「え？」

「知ってるよ。ニッコーのGMから電話があって、みんなあんたを探してたんだよ」

「……」（なんで？）

そこへJALのT所長が入ってきて、近藤さんの隣の席にかけていった。

「大変でしたねえ」

「えっ、T所長もご存じで？」

「そう。みんなあなたを探していたのよ。どこに行っておられたの？」

「……！」

なんてことだ。行方不明だったのが私の方とは。

あの日、どういう状況でホテル・ニッコーにたどり着いたのだろうか。

山田さんの話では、

「セオムに乗って来られました」

というから、どこかでセオムに拾われたのであろう。とにかく路上で行方不明になった。それを見つけたセオムが「バ・オ〜イ（おばあさん！）」と呼んだのだろう。

xe＝「車」でom＝「抱く」という意味で、セ・オム＝バイクタクシーとなる。

交差点や路上の角が、彼らのたまり場だ。普段でも歩いていると、

「マダム・オーイ」

「バ・オーイ」

「……オーイ」

と声をかける。そのたびに母は、

「おい、誰かが呼んでるよ」

というから、

「客引きなんだから、知らん顔してればいいのよ」

「でも一生懸命声かけているよ」

「返事しなくてもいいの」

「そういうもんかのう」

こんな調子だ。でも一分も歩けばもう分からなくなり、また声をかけられると同じ会話の繰り返しになる。外出すると必ずといっていいほど、この「オ〜イ」攻めに遭うので、気が重い。ベトナムではこんな年寄りが街中を散歩することはないので、「なんであんな老人を歩かせるんだろう」と思うらしい。

なんだかまるで、私が老人虐待をしているように思われているみたいだ。だから市内の散歩は大いに困る。

だがこのときのセオムは、この「迷い子」ならぬ「迷い婆」を日本大使館でなく、日系ホテルに送り届けたところがすごい。

山田さんは、

「あら、小松さんのお母さんだわ」

と思ってソファーにかけさせ、そのうち私が現れると思ったので相手をしてくれていたようだ。セオム代はホテルが支払い済みだった。しかし、いつになっても私が現れない。これはおかしい、と思って私の部屋に何回も連絡したそうだ。そのころ、私は警察や、湖畔を何度も歩いていたのだ。

小松さん大至急！　ホテル・ニッコー山田または久保田へ電話して下さい。お母様がこちらにいらっしゃっています。

私がこのFaxや、Eメールを見たのは、帰宅した夜一〇時過ぎであった。この間ホテル側は、私の知り合いらしきところに電話を入れていた。NHKや、共同通信の各ハノイ支局、レストラン……。共同通信の記者からは「取材で中部の高原にいるときケイタイが鳴ったので何事が起きたかと思った」と、後でいわれた。

でもどうして私の母親だと分かったのか？

「むこんショ（ホテル側）は、オマエを知ってたよ」

人生、何が幸いするか分からない。ニッコーの新春パッケージ宿泊を利用していたおかげで、われわれは「面がわれていた」。もし利用していなければ、どこの老人が何をしているのかという感じだろう。日本大使館に連絡するにも、すでに時間外だ。もし昼間だとしても、大使館は遠いし、鉄柵《てっさく》の奥なのでセオムにはハードルが高かろう。

セオムは母に声をかけて乗せたものの、言葉が通じないので困ったはずだ。それになぜ、日本人だと分かったのだろうか。セオム代をもらえそうなところ……、日本人のいそうなところ……？

いろいろ考えた結果、日系ホテルに連れて行くとは、最良の判断であった。

「いないいないBa」騒動のおかげで、「はぐれ☆」は、ハノイの日本商工会をはじめ、あちこちで有名になってしまった。私はノイローゼ気味になり、しばらくの間引きこもり生活をした。

第三章　認知症という異文化

嫌々介護

「ラストライフを私と」と大見栄を切って二人で異国で暮らし始めたものの、驚くこと、意外なこと、はっきりいってギョギョッとすることも多々あった。でもそれらにはすべて理由があったのに、そのころの私は気付いていなかった。

食事中、骨のあるものや固いものを口から出して食卓に並べる。入れ歯に何かが引っかかるとその場ではずしてしまい、その障害物を探す。見ている方は気持ちが悪いが、本人は真剣そのもの。気持ち悪いといえば、雑炊を食べながら途中で牛乳を加えて食べていたこともあった。デザートの果物も早く出てくれば副菜にして食べてしまう。若い人には耐えられないかもしれないが、頭の中の順番がミックスされてしまうということがあるのだ、と思って見過ごすしかない。

衛生面でいえば、着替えもシャンプーもしたがらない。若い人から見れば、これまた気持ち悪いかもしれないが、

「汗もかいてないのに、すっけ（そんなに）着替えなくていい」

と、衣類を替えようとしない。そんな時は風呂《ふろ》に入れ、手品師にでもなったつもりで、その間に新しいものとさっとすり替えるしかない。シャンプーも、

「今日はいい天気だから久しぶりに髪を洗おうかのお」と芝居風にいわなければならない。放っておけば夏は臭気が漂うので、一緒に暮らす者としては、智恵を働かせなければならない。初めのころは失敗が続いた。確かに昔は、今ほど洗濯はしなかったような気がする。彼女にとって、その昔だけが記憶にあるので、たまにでいいのだ。われわれ団塊の世代が学生だったころは、

「垢《あか》や汚れで死ぬことはない」

というのがカッコイイと感じることもあった。その垢や汚れで死にはしない、という言葉を介護の場で再び使うとは……。でもそう思えば気が楽になる。

モノ集め、拾いモノにも頭を痛めた。バドミントンの羽根に鶏の羽、壊れたハサミ、空き缶のふた、壊れたおもちゃのかけら、眼鏡のフレーム、ボタン、ソケット、ペットボトルのふた、釘《くぎ》、使えない洗濯鋏《ばさみ》、くし、鍵《かぎ》、トランプ札（それもババだぜ！）、ヒモ、ビニール袋、クリスマスの飾り付け等々。初めは「何だ？　これ」と思って捨てたりしたが、あるとき「これ何するの？」と聞くと、

「何かで使うときがあるやもしれねえ」

と目を細めていうので、これには意味があるのかと、捨てないで菓子箱に入れて取っておいた。そして時々日干しをして見せてやると喜ぶ。戦後の物不足を経験しているので、捨てられないのは分かるが、人が捨てたゴミのようなものを拾ってこられると

困る。でもこれで癒《いや》されるのなら、こっちが目をつむるしかないだろう。

この程度ならいいが、飴《あめ》やクッキーを枕の下に置き忘れて（これもまた、過去どんな生活をしていたかを想像させるが）、毎シーズン蟻にたかられた。ベトナムの蟻は小さいが噛《か》まれると痛い。その蟻に目を付けられた母は、夜中に蟻と格闘するのであった。奇怪な行動もあるが、みんな訳があるような気がする。最初分からなかったので、

「なんでこんな嫌がらせをするんだろう」

と思ったこともあったが、それぞれ理由があった。

知らない国、地域、慣れない場所に行ったとき、驚いたり、嫌悪感が走ったりすることがあるように、認知症の症状はくしゃみが出るとか、のどが痛いというように、分かりやすい症状ではないので困る。でも一緒にいるとだんだん分かってくるような気がする。分からないが故に誤解を生むのではないか。これら分かりにくいほつれた糸をたぐっていくと、初めて海外に出て異文化に接したときのような戸惑いと似ている気がする。

どこの国でも人でも、生い立ちや風土や環境によって、その人なり、国なりが形作られる。その習慣が好きとか嫌いとかは別として、さまざまな歴史の中で出来上がってきたものだ。その歴史や背景を知ることにより初めてその人や文化を理解できるこ

とを、今まで異文化の中にいて学んだはずなのに、この病気については関連付けをすることができなかった。

でもだんだんわかってくると、「なるほど、そういうことだったのか」と合点がいくようになり、実に面白い。

朗々介護

家での洗髪を嫌がるときは美容院に連れて行く。最初のころ「美容院に行こう」というと、「絶対行かない」とすごんだが、よく理由を聞くと「浪費だ」と思っていたことがわかった。田舎でつましい生活をしていたのでそう考えるのも無理はない。その点ベトナム人の方が、もっと気軽に美容院を利用しているような気がする。都会の女性は喫茶店に行く回数より美容院に行く回数の方が多いほどだ。

散歩に出たついでに、「ちょうど予約の時間だから入ろう」と上手にいうと、素直に入る。そして月に一度、カットとシャンプーをする。シャンプー後の、顔マッサージが気に入っているようで、帰りがけ、

「思えがけね（思ってもみない）顔を洗ってもらっていかっとおう」

気持ちよさそうにいう。ハタイ省出身の女の子が、深いしわをていねいに伸ばす顔

マッサージは二〇分も続くので、私はいつも眠ってしまうが、母も気持ちよかったのだ。よかった、よかった。

「ローバでも　たまには洗顔　皆幸せ」

ある師走《しわす》のこと、こんなことをいう。

「ザルねえかのお？」

ざる？　何いってるんだろうと思いながらも無視していると、再び、

「ザルねえかのお？」

「ザル？　何するの？」

「蚊がうるさくてソ、寝らんねえて」

部屋をのぞくと新聞紙をかぶって寝ていたが、脇から侵入してくるらしい。それで、ザルなら顔をおおえるので、蚊が入らないと思ったようだ。これが、認知症の人が考えることだ。それにしても、蚊というものは八〇代の血でも吸いたいのか、と思うとこれまた豪儀なこと。

「婆さんを　吸うほどにまで　落ちぶれた蚊や」

蚊は、夏の暑い季節は出てこないが、冬に出て来るから不思議だ。つい先日まで蚊帳を吊《つ》っていたが、勝手にはずしてしまった。その後、この始末である。

そんなことがあっても「扇風機　一夜明ければ　ホッカイロ」だ。蚊とたたかった翌朝は、ゾームアドンバックという北東の風が吹き、気温が一気に一五度も下がる。そうすると今度は使い捨てカイロが欲しくなるほど寒くなる。そして少しずつ、湯たんぽがあればもっとありがたい季節になっていく。

　初めはペットボトルやウイスキーなどの酒ビンにお湯を入れて湯たんぽ代わりにしていたが、日本には湯たんぽがあったことを思い出し、友人にメールしたところ、「探してみる」といってくれた。またもや松本の近藤さんの世話になってしまう。郵便だと税関検査でうるさいので日本から来る人に託すことになった。運んでくれる人は神戸大の藤田誠一先生。そこで、

「湯たんぽが　長野県から神戸市へ　郵便の後　空飛びハノイへ」

　ハノイに寒気団が来て二日目。東京にも雪が降り、滑ったとか転んだとかのニュースをテレビで見た母曰《いわ》く、

「都会の人間はヤワだのう。たまに雪が降ってみねば（降られてみなければ）、雪国のもん（者）の大変さが分からんのだろうて」

ボケと正気がまだら模様になっているのか？　たまにまともな発言をすると、拍手したくなることたびたびである。

言葉を越え柵を越え

国立民族学博物館のKさんが、ホアビン省・マイチャウ地区ターイ族の村に行くというので、車に便乗させてもらうことにした。母には久しぶりの遠出である。マイチャウの村はハノイの南西約一六〇キロにあり、農業を中心に染色や織物製品を作り、八六年のドイモイ政策以後は観光地化されている。

Kさんは少数民族の研究をやっている文化人類学者で、ターイ語が話せる。それで彼の通訳で、村に案内してもらうことになった母は、高床式の家に住むターイ族のおばあさんと話をした。

耳のピアスに興味があるらしい。

「耳に穴を空けてるの？　痛かったでしょう」

「Ｕｎ」

「いくつのとき耳に穴空けたの？」

「〇×△」

生まれて二ヵ月目だそうです。

「そお、痛かったでしょ？」

と、さも痛そうな顔をする。

「Un＋〇△」

そのうち、

「こちらはいい天気ですねえ」

「どこで生まれたんですか？」

などといったいつものパターンで話していたが、思いついたように手にさわり、

「よく働いた手ですねえ。よく働いた、よく働いた」

と手の甲をなでさすり始めると、ターイ族のおばあさんは母の髪にさわったり、ほっぺたをなでたり眉《まゆ》にさわったりしていた。二人は言葉は分からないのに心が通じたようで、触れ合いながらうなずいたり笑ったり、コミュニケーションができているようだ。Kさんは、

「この二人には、通訳なんかいりませんねえ」

と笑い、私たちはそれを見物した。そのうち母が日本語で、

「部屋の中、見せて下さいね」

といって立ちあがると、タ－ィ族のおばあさんが手を取って案内した。通訳していないのに、二人は互いに信用し合えることを察知したのであろうか。二人の「会話」はけっこう続くことになり、近所の人たちも見学に来たのであった。別に外交問題を話すわけでもなければ、言葉が通じなくても、コミュニケーションをとることは可能だと感じた。そう感じるわけは、この日の早朝の出来事もあってのことだ。

まだみんな寝ている時間なのに、高床式住宅の下から日本語が聞こえたのだ。

「おクニはどちらですか？」

「○×△□……」

「私は越後、新潟県です。雪がいっぱい降りますよ」

「○×△□……」

「そうですか」

窓からは池で泳いでいるアヒルと、椅子に座ったフランス人夫婦と、わが母が見える。誰にでも日本語で語りかける母に、相手のフランス人は嫌な顔もせずフランス語で答えていた。いや、答えているというより「このおばあさん何いってるのかしら」「何だろうね」くらいのものかもしれない。

でもそれでその場が持つし、時間がゆったり流れている感じを受けた。

村内を散歩しているとき、子どもたちの声が聞こえた。雰囲気として保育園か幼稚園かという感じがした。すると母は声のする方へどんどん歩いて行った。高床式の家を何軒か越えて行き着いたところには竹で作られた柵《さく》があった。この柵、「侵入禁止」の意味であろう。それなのにどんどん入って行く。

するとこう側から先生とおぼしき女性が出て来て、「おいでおいで」と手招きをしている。そうでなくとも、すでに玄関にたどり着いた母は、もう教室に入り込んでいた。そして先生に手を引かれて前に出て行くではないか。前列の中央に座らせられると、先生の合図で子どもたちの歌が始まった。二、三曲続いただろうか。終わると拍手をしていた。私たちは、ただ成り行きを見つめているだけであった。

今回の旅は、母に一本取られたような気がする。

初めに行動ありき。言葉は後からついていく。何を話すかは重要でなく、どういう態度で臨むかが大切なのではないか。いろいろ考えさせられるところがあった。

マイチャウ村の水田は青々と広がり、近くで水牛が草を食《は》んでいた。時々こちらを見ては口を休めることもあるが、再び黙々と食べ始めた。ホッとする世界を満喫した。

お良と散歩

二〇〇二年は、ずいぶんとお良の世話になった。「お良」とは、大家さん宅の寝たきりおばあさんの世話をするために雇われた、泊まり込みでお手伝いをするルオンさんのことだ。彼女は四〇歳で独身。ベトナム語でルオンの意味は改良の良だから、母にはお良と教えた。

お良には、蟬が鳴き出す五月から北東からの強い風が吹く冬にかけて、家から歩いて行けるホアンキエム湖を一周する散歩の付き添いをお願いした。お良は子どものころ家の手伝いで学校に行けなかったので読み書きはできないが、記憶力はいい。買い物を頼むときも、メモを書いたのを渡しても分からないので、私が書いたものを読み上げると、

「ハインタイ、コアイタイ、カゾット（玉ネギ、ジャガイモ、人参）」

と反復して記憶する。カゾットは人参で、英語のキャロットだが、ベトナム北部ではRがザ行になってしまう。ちなみにDもザ行となる。たとえば、スイスの時計RADOの発音は、ラドウでなく「ザゾウ」となる。旧市街にあるHan da市場はハンダでなく「ハンザ」。ではバイクメーカーのHONDAはホンザか？　というとこれ

は例外でホンダと読む。民族衣装はアオザイ（ao dai）、ただし南部ではスペルは同じなのにアオヤイ、となる。ああややこしい。

大家さん宅のおばあさんはうちの母の一歳下だ。室内で転んでから寝たきりになってしまった。夫婦とも働いているので面倒をみられない。でもベトナムには老人ホームがないし、またそれを作ろうという動きもないので、皆各家庭任せとなっている。それにベトナムは若い人手だけは豊富なので今のところ何とかできている。

ベトナムは今、高齢者が少なく若者が多いので、ほどよいピラミッド型の人口構成だ。それだからというわけでもないだろうが、公務員や教師、普通の勤め人クラスでも「オシン」と呼ばれるお手伝いさんを雇っている家が多い。「オシン」とは、日本のテレビドラマ「おしん」にさかのぼるが（九四―九五年にかけてベトナムで放映された）、すでに「オシン」はベトナム語として定着している。私が上京した一九六〇年代前半の東京にも子守り、女中、下働き、丁稚《でっち》、と言われる人たちが地方からたくさん出て来て住み込みで働いていたが、今のベトナムも似ていて、私はたまらなく郷愁を誘われる。

お良にベッドはなく、いつもソファーで寝ている。これはお良に限らずよくあることで、子守りや食堂の従業員、皆同じである。暑くなると、大家さん夫婦、子どもも皆床で雑魚寝《ざこね》をしている。それを見たときは驚いたが、今は慣れてしまった。

お良の故郷はハノイから南方一五〇キロのタインホア省で、バスで行くと四時間以上かかる。田舎から出て来たお良にとって、外出は楽しみだ。今まで外出といえば、家から五分のクアナム市場か、反対側の十二月十九日市場へ行くしか外出理由がなかったのに、母の散歩仕事が舞い込んだおかげで、湖畔を堂々と散歩でき、街の様子も見られるし、なんといっても臨時収入になると喜んだ。

昼寝を終えた昼下がり、お良は腰まである長い洗い髪を風になびかせながら、外またでゆっくり、堂々と歩いて行く。その後を、少し腰をかがめた格好の母が、麦わら帽子をかぶり一生懸命トコトコついて行く姿は愉快である。

散歩から戻ってくると二階から、

「ありがとうございました」

という母の声が聞こえるし、それに応《こた》えるお良の、

「ザァ（はい）」

という丁寧な返事が聞こえる。二人はお互い自分の故郷の言葉を使用しており、相手のいっている意味は分からないが、片方がお礼をいい、片方が応答するのを見ているとこれはもう、呼吸のようなものではないかとさえ思える。

お良に休日はないが、年に一度のテト（旧正月）の時だけ一ヵ月帰郷する。テトが近づくと、無口だったお良の表情が明るくなり笑う。

明日、タインホアの故郷に帰るという夜、リーシーという「お年玉」袋を渡すと、精一杯の笑顔で、

「カムオン・チ（お姉さんありがとう）」

と私の手を握ってきた。とんでもない。私こそこの一年、お良のおかげでずいぶん助かったのだ。とにかく最初の一年を無事終えたことにホッとした。

「クソババと思ったこともあるけれど　無事に越えたぜ　BaBa連れ一年目」

引越しへの道

母親をベトナムへ連れて来て一年経ったころから、転居を考えるようになった。初めは「日本に帰りたい」といえば帰るつもりもあった。だからこの土地に合うか合わないか様子見の一年でもあった。それがどうやら馴染《なじ》めそうなことが分かったので、引越しを考えたものの、なかなか実行できないでいた。中心街で便利であるほか、大家さん一家が親切にしてくれたことも大きい。

でも、趣味も娯楽もなく唯一の楽しみともいえる風呂《ふろ》に入ることが大好きな母が、一年以上もタライ湯でぽちゃぽちゃというのも、そろそろ限界である。私は自分で選

んでやって来た国なのでシャワーだけでもいいが、それを彼女に押し付けるのはかわいそうである。ほかにもキッチンがないため調理台は洗濯機の上、トイレが洗い場になっている。一人暮らしで外食が多いときはそれでもよかったが、自炊が中心となると下宿生活は何かと不便であった。

心配していた気候にもすぐ慣れた。私や在ハノイの日本人たちは、ハノイの春は湿気が多くて蒸し暑いとかカビが出やすいとか、冬は晴れる日が少ない、晴れても青空が見えないなどと注文が多いが、彼女は、雪の多い日本海側の天候と比較するので、

「毎日、いい天気だのぉ」

「こっちは雪が降らんでいいのぉ」

「越後の冬は晴れる日がねえ(無い)」

といい気候には満足している。物事をプラスに考える人なので、それはありがたい。

それならば、環境のいいところに引越そうというわけで決断した。

「この人、意外と長生きするかも」

という想定で見つけた集合住宅だ。認知症にはよくないといわれている転居をさらに行ったわけだが、新居が気に入ったようで、

「ここはオマエと二人か。それじゃ気楽でいいのぉ」

あちこち見て歩きながら、

「前の家が悪いわけじゃねえけど、家族が多すぎてねえ」と新居を喜んでいる。これは意外であった。４Ｋで部屋数もあって広いし、ベランダもある。砂場やブランコ、テニスコートもあって緑が多いので、ゆったりした気分になれる。もちろん風呂もある。引越しを機にＮＨＫ衛星放送をワールドプレミアムに切り替えた。

今までと違って、相撲やドラマ、歌謡ショーなどの娯楽番組が観られるようになった。最初の一年目は機材購入を含めて一三〇〇ドル投資するが、二年目から五〇〇ドルでよい。日本にいれば多チャンネルを特別な機材などなくても観られるのに、よりによってたった一チャンネルを、なんて高いと思えば高いが、これで母の気持ちが癒《いや》されるのだし、介護費用とみればいい。

問題は私の仕事が増えることだが仕方がない。それに敷地が広いので、一人で散歩しても大丈夫だ。今度の住宅の前にも小さいが「サダン湖」という湖がある。多分散歩コースとしてお世話になることだろう。私にとっても新しいベトナム生活が始まった。

一難去って又一難

転居してまもないころ、また「迷いBa」となってしまった。敷地が広いから、とぬかってしまったのか。もともと危険な場所でぜんまい採りをしたり、屋根の上に布団を持って上がって干したり、雪かきなどと体を動かすことが好きだった母は、家で昼間からテレビを見て過ごすなんて暮らしを罪悪に感じる人なのだ。

何か仕事をつくってあげなければ、と思いながら日々過ぎていた。引越ししてすぐのころ、ベランダに小庭を用意して「野菜づくりでもしようかのお」というと、「田舎でさんざん畑仕事をしたすけ、ここへ来てまでベトいじり（土しごと）なんかしたくねえソのお」

と反発するのであった。それもきつい言い方でするので驚いた。都会人が窓際の小さい鉢植えに趣味で野菜作りをするままごとと違って、いまさらもう土に触れたくないのだろうか。とにかくこれは諦《あきら》めて次なる仕事としてネコでも飼おうか、などと考えている最中のことだった。

前回のことがあるので、ポケットに名札をつけてあるが、時々はずしてしまうのだ。この日も、わざわざ名札を置いて出かけてしまっていた。住宅の守衛さんに話すと、みんなで手分けして探してくれたが、見つからない。どうも、守衛室の前をくぐり抜けて路上に出てしまったらしい。責任者には、「母は認知症ですから」と説明しておいたので、門を通過させることはないと思っていたが、全員に徹底していたわけではなくて、夕方勤務の守衛さんは、

「元気そうに歩いて出て行きました」

という。やってくれるぜ、Baちゃん。

困ったことだ。その間、セオムを手配して、あちこち探してもらった。皆顔を知っているので何とかなるだろう……と、今度は家に入って待機していた。まさかまたホテル・ニッコーだったりして、と思ったりもしたが、陽が落ちてだんだん暗くなってくる。何で徘徊《はいかい》事件は夕方起きるのだろうか。引越し後なのに注意不足だった。

このころはまだ新型肺炎・サーズ（SARS）の余波が残っていたので、街をうろうろして変な菌を移されると困るという心配もあった。もう探せないほど暗くなってきたとき、胃が痛み始めた。前の下宿は、大家さんの玄関に鍵《かぎ》がかかっていたので出られなかった。今度は出入り自由だから気を付けないとと思っていた矢先のことだ。やっぱり自分の都合でなく、何があっても母を優先させるべきだった。

そんなことを考えながら、ぼーっとしているとき電話が鳴った。

見つかった。信じられないことだが、またもや行き先はホテル・ニッコー。でもど

うやってそこまで行ったのか？　鉄道線路を越え、国道一号線をハノイ駅に向かわなければならない。どうやってそんな距離を歩いたんだろうか。帰りはタクシーに乗らなければならないので、行きのセオムを探して乗った。もう、ホテル・ニッコーのスタッフには顔向けができないくらいだ。

前回親切に対応していただいた山田さんがいて、もう慣れた感じだった。のんきな母は、

「よーくここが分かったねえ」

と、まったく何も分かっていない。今回もまたセオム君が、とことこ歩いている母に声をかけ、日系ホテルに運んだものと推測される。ハノイのセオムは歩いている人に誰かれとなく、

「オ〜イ」

と呼びかけるので、母はまたもや引っかかってしまったのだ。もちろん本人は何も覚えていない。

「みんな親切な人たちだった」

翌日早速守衛室にお願いごとを文書にして提出した。何ごとも書面で申請しなければならない。写真を添付した申請書の内容は、

独立　自由　幸福
ベトナム社会主義共和国
私は当住宅　E号棟　○△号室に住むコマツミユキです。
一九二〇年生まれの母は老人性アルツハイマー病につき、外出すると一人で帰宅することができません。付添いなしで門を出ようとしたら止めていただくようお願い申し候。

こうして二度目の行方不明事件も無事落着したが、収まらないのは私の腹のムシならぬ、腹のヌシであった。胃か腸か内臓のどこかで活発な活動が始まる痛みに悩まされた。
海外傷害保険がきくフレンチ病院に行きたいが、サーズ騒動で閉鎖中。仕方なくSOSクリニックへ行き診てもらうが、超音波で検査しても「異常なし」という。でも時々激痛が走るのだ。横になると治まるが、寝返りを打つとまた痛くなる。何ともない日もあるので、だましだましの生活が続いた。

家からの解放

二〇〇三年は、引越しに加えて私の体調不良が続いた。父亡き後の遺産分割協議が、春から秋にまでなだれ込んでしまい、精神的にも肉体的にも疲労が重なった。越後の山奥で暮らしてきた老夫婦の後始末関係で一年も引きずってしまったが、この作業をしながら学んだことがある。それは人間、生きている間に自分の処理、その方法を誰かに伝えておくべきだ、ということだ。自分でやるのが一番いいのだが、できない場合もある。

分かりやすくいうと遺言書の勧めである。目安だけでも書いておいてくれたらどんなに楽か、残された者には必ずついてまわる苦労だ。「財産などないから関係ない」という人がいるが、家や物置を壊すのにも、家財、不用品処理にもおカネが必要なのだ。不慮の事故は致し方ないとして、一〇〇歳を越えた父親がこのことをきちんとしておかなかったことについてはがっかりした。たいていのことはおカネで解決できるが、そのおカネのために残された者は嫌な思いをしなければならない。苦痛なことであった。その間にも腹はチクチク痛んだが、仕事もある。

日本語の授業でキャノンの工場へ行くときは、薬を飲んで通った。夕方四時過ぎにミニバスの迎えがあり、市内を抜けて紅河にかかるタンロン橋を渡ると左手に見えるタンロン工業団地内の工場に着く。ここに働く彼らは夕方五時に仕事を終える。五時半から七時半まで日本語を教えた。この二時間は緊張するせいか腹痛を忘れられるのだ。それに昼間働き、夜勉強する人たちには自分の青春時代を想起させられ、つい力が入ってしまうのだった。

夜七時半に終了してタクシーで自宅に戻ると八時一五分から三〇分になる。母のために夕飯の支度をしておいてあるのに、まだ食べたいのか不安だからなのか冷蔵庫が荒らされている。マヨネーズや酢、ソース類を味見するらしく、ベタベタと汚れている。

一つクリアしてもまた何かが始まる。慣れない介護と生活をまわしていかなければならないことがストレスになって、胃炎のような腹痛がしばらく続いた。当時のハノイの医療環境はお粗末なものであった。友人のベトナム人に聞くと、「漢方薬がいい」とか「……を煎《せん》じて飲めばいい」とか、ちょっとやそっとでは病院に行かないし、行くものではないと思っている。この辺の感覚は母世代の日本人に似ている。

SOSクリニックで超音波チェックをやってもらったが、「異常なし」というのには驚いた。こんなにキリキリ痛むのに異常なしとは？　いまもって納得がいかない。残るはフレンチ病院（旧・国際病院）しかない。ところがこの病院は春からサーズ騒動で閉鎖中だ。

六月に再開されるはずだった診療が七月、八月と延期になり、結局九月になってやっと再開されたが、そのころは不思議なことに痛みは和らいでいた。でも一応診察してもらった結果、胆のうに石が三つと十二指腸潰瘍《かいよう》だという。

医者には「我慢強い」と褒められたが、何のことはない、行く病院がなかっただけの話だ。仕事と用を済ませ、一〇月には胆石の内視鏡手術で三日間入院した。その間、留学生の皆さんに家に来てもらったり、母親とご飯を一緒に食べてもらったりして大助かりだった。みんなありがとう！

でも麻酔の注射を打たれながらふと思った。このまま目が覚めなかったらどうなるんだろうか。私は楽でいいけど家に残っている母は、その後どういうふうに扱われるんだろう。誰が日本に連れて行くんだろう。そんなことを思いながら意識がなくなった。

師走《しわす》に入り遺産相続問題がやっと終了した。情勢は日本のアメリカ追従の是非や、自衛隊の海外派遣を巡って論議されなければならないときなのに、私は「遺産を放棄するか、しないか」という私的なことで弁護士さんの世話になっていて、実家とやり取りしていた。

一度外へ出た人間としてはどうでもよかったが、母には報われてほしかったので、常識の範囲で抵抗もした。

海外でそうした手続きをするのは面倒であった。

外国で三ヵ月以上暮らす者は在外公館に「在留届」を出さなければならない。でもこれを出すと、国内の居住地を失うので印鑑証明が取れなくなる。だから遺産分割協議書に押印する場合、拇印《ぼいん》（右親指の指紋）となるが、これは在ベトナム日本大使館の領事部へ出向き、担当者の目の前で押さなければならない。そして、それが本物であるという証明を、さらに添付するのだ。

最初に分かっていれば段取りよくやれたのに。日本にEMS（国際スピード郵便）で送った後、また足りないものを知らせてきたりして、日本とベトナムの間の上空を書類が飛んだ。大使館に行くのも二度手間で、その都度、母の手を引いてタクシーで出向かなければならない。

しかし、それも終わった。「ばんざあ〜い」と、叫びたいほどだった。

二〇〇一年、母がベトナムに来た段階で独立したといえるが、書類上はまだ済んでいなかった。〇三年の師走、やっと独立して家からも解放されたと思ったとき、ますます私の責任は重いと感じた。「私がこの老母を守り、幸せにするのだ」ということを改めて再認識したのであった。

一二月某日、今も住み続けている外交団地の中庭でクリスマス＆ニューイヤーパーティーが開催された。門の入り口から会場の中庭までの並木に、赤や青、黄色などのイルミネーションが輝いた。母は三〇本以上からなる木々に付けられたピカピカの飾りを見ながらいった。

「ここはええとこだねえ、自由でサア、体さえマメで（丈夫で）あれば人のこと何だかんだいうもんもいねえ。『あの婆サ、いちんちじゅう放っつき歩いてる』なんていうもんもいねえし、ほんにいいどこだ」

酒が入ったせいもあり饒舌《じょうぜつ》だった。全体で二〇〇人くらい集まって飲んだり食べたり話したりしながら、ベトナムの民族楽器の演奏を聴いた。母はいつも敷地内を散歩しているので、顔見知りの人が私より多い。母と目が合うと、合掌する年配者もいた。「まだ仏じゃないぜ」と思うが、悪い気はしない。サリーをまとったインドの女性たち、アオザイを着たベトナムの女性たち。きらきらと飾り付けられた華やぐ雰囲気の中で、女性たちのゆったりした民族衣装に優雅な曲が流れ、酒もほどよく、気持ちが解きほぐされていった。平和になったベトナムでこんなことを体感できることをありがたく思った。

第四章　スッポンが時をつくる

アンコールワットへ行く

われら、越後からの「はぐれ☆」はベトナムで無事三回目の正月を迎えた。

年末には遺産分割協議書にも押印し、すべて先妻の長男に従った。両親が住んでいた家は解体することになり、解体費用と家具処理費の一〇〇万円は長男が支払った。私たちはもはや故郷で暮らすこともないだろう。この段階で私たちは故郷を捨て、アジアのどこかで砕け散る運命を選んでしまったことになる。

母は今度こそ、婚家から解放された。まあ、これもまた人生かな、である。たとえ書面のやり取りとはいえ、それが一年以上も続くと神経が消耗する。

気分一新と二人の思い出づくりにと旅行を考えた。日本にいれば温泉にでもつかってと思うのだろうが、ここはアジアの南の国。近場ということで隣国のアンコールワット遺跡に行くことにした。

一日目（一月一〇日）

ハノイは早朝から雨が降り、地面には落葉がこびりついていた。なんだか日本の晩秋のような趣きの朝、私たちはノイバイ空港へ向かった。朝は出勤時間とも重なるのでのろのろ運転であったが、母は目をつむることもなく、タクシーの窓からバイク集団の出勤風景を凝視していた。

空港には出発の二時間前に着いた。一時間前でもいいのだが、年寄り連れは何が起きるか分からないので、これまでの経験から、早目に行動しておいた方が気が楽というもの。その間、トイレに通うこと七〜八回。いつもと違う環境に直面すると不安になるせいかトイレの回数が増える。その都度付き添わなければ行方不明になるので、トイレの近くに席をとる。そのことで本人は安心するらしい。

一一時半、「VN８４５１」が動き出す。「はぐれ☆」の再出発だ。

機内アナウンスはベトナム語と英語だけだったが、ベトナム人乗客はゼロ。韓国人の団体客と台湾人が主流で、欧米系が数人と日本人とおぼしき乗客は、われわれだけだ。

アンコールワット遺跡はベトナムから近いのにベトナム人は興味を示さない。近い将来、ぜひ見学してほしいところだ。

おしぼりが出てきた。サンドイッチと飲み物が運ばれてきたら、母はリラックスしたのか、話が始まった。

「オマエのおかげでいかっとう（よかったよ）」

越後弁で私にお礼をいっているが、聞こえないふりをして聞き返した。

「オマエのおかげでいかったって？」

「飛行機なんてもんに乗ってみられてソウ」

「ベトナムに来るときも乗ったんだよ」

「そうかもしれんが、昔のこたあ忘れた」

ん？　昔？

「オラ、飛行機なんてがんは空のてっちょ（上）飛んでるがんを見るだけで、それに乗ってみるなんて思いもしなかったテ。これもオマエのおかげソのう」

ハノイに来るときも、聞いたことのあるようなセリフだが、何回聞いてもいい。嬉《うれ》しいなあ、こんなことといってもらって。この言葉を聞けただけでもありがたい。

太陽の光が機内にサンサンと差し込んでくる。

「今日はいい天気だのお」

だなんて、このフレーズ何度繰り返したことだろう。少し興奮気味で楽しそう。

二時間後、カンボジアのシェムリアップ空港に到着。

カンボジア入国手続き終了。出迎えのガイドを探した。

暑い！

「スダヒロ、コマツミユキ様」と書かれた紙を持つ青年がいた。胸に「T」という名札を付けていた。彼がこれから三日間お世話になる、APEXという旅行代理店の日本語ガイドである。笑顔がさわやかで、真面目そうな青年であった。母には何の説明もしないが、

「よろしくお願いします」

と母は自分から挨拶《あいさつ》をした。亀の甲より年の功、認知症などと馬鹿にしてはいけない鋭い勘だ。

空港からアンコールワットまで五キロ。「ANGKOR VAT」とは「寺院のある町」という意味らしい。途中で、三日間の「観光通行証」を買った。四〇米ドル。この国もベトナム同様、一国二通貨のようだ。あらかじめ用意した写真を定期券のようなものに貼り、首からぶら下げるようになっていて、これで出入り自由、何カ所でも見られるそうだ。

説明を聞きながら見て回るあいだも、敷石が落ち込んでいたりするのでつまずかないように、ということだそうだ。こちらは母の足元も気を付けなければならない。最初に有名な、西参道から見た正面に向かった。第一回廊をゆっくりと、乳海の攪拌《かくはん》、行進するクメール軍、天国と地獄へと進む。

私は九五年に一度見ているので、あわてることもなく、母に合わせてゆっくり回った。あの当時より観光客がぐっと増えている。

「でっけえお寺だのお」と驚く。一周すると大きさが分かる。世界最大の石造りの寺院に感動していた。区切りのところは敷居が高く、またぐのが大変だが、Tさんと手をつなぎ、ゆっくり一つひとつ越えて行く。一二世紀といえば「義経」の時代だ。よくまあこんなに凄《すご》いものを造ったものだと感心しながら歩く。夕日鑑賞は雲が多いのでキャンセルして、宿のプリンセスアンコールホテルでゆっくり過ごすことにした。

夕食は、シェムリアップの街のレストランでカンボジア料理。ココナッツスープなどタイ料理に似ていた。名前につられてアンコールビールとやらを飲んでみたが、アルコール度は低い。母は、肉を食べるとき「噛《か》み切れない」といって皿へ出すが、出したことを忘れてまた口に運んで噛む。Baちゃん、あんた牛かい？ といいたくなる。家にいるときはいいが、外でやられると恥ずかしい。でも幸い薄暗いレストランなので助かった。

おばあさんたちのほほ笑み

二日目（一月一一日）

朝は二〇度で気持ちがよかったが、Tさんは「寒い」という。どんよりした天気で、なんとなくハノイにいるような気がした。でも九時を過ぎると急に太陽が出て暑くなる。この時期はいつもこんな天候らしい。朝食はあわてずゆっくり時間をとった。ロビーでTさんを待つ間、母は入り口のボーイに何やら話しかけていた。といってもお互い言葉は通じないのだが。それなのにボーイがトイレに案内している。言葉の問題ではなく雰囲気で通じるのは過去何度も経験している。

ホテルから今日の見学地、クメール文化の華といわれるアンコールトムへ。車でご出勤、という感じだ。昨日行ったワットからトムへの新道は、森林を切り拓《ひら》いて最近できたものだ。前回来たときはでこぼこ道だったので、移動中にしゃべると舌を嚙み切りそうになった。運転手もガイドも客も黙したまま進んだことを思い出した。便利にはなったが、森林破壊をしているかもしれない。

トム遺跡からバイヨン南大門の四面仏前には、両側に五四人ずつ一〇八人の煩悩の神が、七つの頭の蛇の綱引きをしている。この石像を母は、じいっと見つめていた。

昨日見た方はヒンズー教の寺院なのに、今日のトムは仏教だと説明した。

Tさんによると、カンボジアでは乾季に働く。雨季は仕事ができないので、「寺参り」する人が多いという。その他にも、家族や親しい人が「不慮の出来事にあったとき」や、「親を亡くしたとき」は寺に入り喪に服す。とにかく寺は誰にでも開かれている場所という説明だった。

そんな話を聞きながら「バイヨンのほほ笑み」の前まで来たとき母は、カンボジア人の団体にいたおばあさんに呼び止められた。彼女は剃髪《ていはつ》していて笑顔がかわいい。どうも「歳はいくつか？」と聞いてるらしい。Tさんが、クメール語で「八四」と答えると、一行から「おおっ」という声が出た。誰かが「記念写真を撮ろう」と言い出し、何と母は手を引かれるまま、自然に写真に納まるではないか。

母に年を聞いた剃髪女性は七五歳だった。親しみを覚えたのか母は、彼女の頭をなでてしまった。すると団体さんから爆笑が起こる。今度は二人だけで写真を撮るはめになると、別の人が「私も、私も」といって何人かが続く。Baちゃんはちょっとした有名人か？ 人気者になってしまっている。Tさんに「何と説明したの？」と聞くと、カンボジアでは高齢者が珍しいので、みんな長生きしたくて、日本から来た元気なおばあさんのようになりたいと、それで記念写真を撮ったのだという。

この女性とは気が合い、その後も三〇分くらい一緒に歩いていた。でも話題は天気と年齢のことばかりだ。

「ここはええねえ、雪が降らないで。越後は冬の間、雪とのたたかいですよ」

Tさんが彼らに通訳した。昨日は「エチゴ」が分からなかった彼だが、今日はちゃんと日本の豪雪地帯の説明をしたらしい。

「でも誰も雪を見たことがありません。一度見たいといっています」

という話になってしまい、また双方で笑った。何を話しても笑うのだ。

バイヨンのほほ笑み遺跡で出会ったおばあちゃんたちのほほ笑み、素敵だった。

SMILING OF BAYON。観音菩薩《ぼさつ》の顔、顔、顔、深い瞑想《めいそう》のほほ笑み。

Baちゃんは、観光地でも、レストランでも、土産物店でも「貴重品」扱いされた。本人も悪い気はしないようで嬉《うれ》しそうだった。その後の、ガジュマルの巨根で有名なタプローム遺跡と、午後のトンレサップ湖クルーズはキャンセルした。私たちは、なんでもかんでも観ればいいというわけでもない。ゆっくり見学をしたかったからこれでも十分だった。

「日本人はお昼の時間を短くしていっぱい見学しますよ」

とTさんがいうので、

「私たちは、ゆっくり、じっくりでいいのよ」

と話すと、そんなお客さんは、彼が担当したなかでは初めてだったと答えた。私はガイドさんからカンボジア事情を聞くことも、遺跡見学と同じくらい楽しかった。

年長者を敬う精神があることとか、現地通貨についてのこと。リエルや米ドルだけでなく、タイバーツや、土産物店では日本円さえ通用するところもあるという。また彼の将来の希望は公務員だが、コネがないので難しいこと等、そこにはそこの悩みがあるものだ。

土産物店で黒檀《こくたん》製の踊り子アプサラ像を値切っているとき、笑い声がしたので見ると、日本語ができる女性と母が何やら話している。

「ワタシいくつに見えますか？」

と聞かれたのに対して、

「三五歳ですか？」

と答えるので、五〇歳の売り子が喜んでいたのだった。日本人が連れて行かれる土産物店なので、みんな日本語が話せる。とてもクセのある発音だが、買い物程度なら問題ない。母はみんなに年齢よりも若く答えるので、数人が持ち場を離れて、

「ワタシいくつに見えますか？」

と聞こうとして順番を待っている。あっという間に二階のレストランにまで、

「日本の高齢の面白いおばあさんが来てる」

と広まり、レストランの女性たちまで見学に来た。

午後はオールド市場にも行けたし、夜のアプサラダンスショーも楽しんだ。風呂《ふろ》の後、ご機嫌になった母はいった。

「田舎へ行って自慢することもねえどもソ、ほっけの（こんな）旅行なかなかできねえのお。いい旅行だっとのお」

アンコールワットが何たるやら、世界遺産が何だか分からないけれど、この言葉を

聞けただけで私は満足した。

災難はノックしないでやってくる

それは一本のキンカンの木で始まった。

新年を祝うはずのキンカンの鉢植えが、われわれにとって不幸をもたらした。ベトナムではテトのとき、日本の門松にあたる植物として、たわわに実をつけたキンカンの鉢植えと、ホアダオ（桃花）といわれる蕾《つぼみ》をたくさんつけた桃の枝木を飾る。それをプレゼントしてくれた親切なベトナム人がいたのだが、親切は一階までであり、「はぐれ☆」が住む四階までは届かなかった。

後で私が運ぼうと思っていたが、働き者で力持ちで暇な母は、私がちょっと目を離したすきに一人で持ち上げてしまった。そして数段運び、階段の途中で倒れてしまった。それはほんの一瞬の出来事であった。認知症の人は、「後でやるから」といってもすぐ忘れてしまう。自分が「こうした方がいい」と思うと今すぐやってしまう。それでもしばらくすると、手すりや壁につかまればゆっくりとなら歩けたのだが……。

当初、転倒によるぎっくり腰と診断され、腰にコルセットをはめて絶対安静を条件に帰された。ところが、安静にしていなければならないことが理解できず起きてしま

う。それに固定させるために付けたコルセットを、

「何だこれは、はずしてくれ！」

じっとしていないとますます悪くなるから、ということは全くきかない。

「便所へ連れてってくれ！」

「ここでしていいから」

「こんな布団の中でなんか、できねえ」

「紙オムツはいてるから大丈夫だよ」

「こんなパンツじゃ漏ってしまう。早く立たせてくれ！」

母には紙オムツというものが理解できないのだ。自分の時代になかったものは説明しても分からない。私としては入院してもらいたかったが、運悪く旧暦正月のテト前でかなわなかった。寒い正月だった。市場も店も皆休みで、よりによって年に一度の最悪のときに寝たきりになってしまった。体はダメでも感覚は元気なので困った。

一月一八日　事故発生。病院に電話したが日曜のため医師は不在。月曜を待つ。夜から強風。「痛い、痛い」の声を聞きながら不安な夜を過ごす。

一月一九日　氷雨。昨夜の強風で落葉樹の葉がたくさん散る。トイレに行こうにも、

立たそうとする間に待てずもらす。毛布、シーツ、服、みな汚す。いざというときのために日本から持参した紙オムツをはかせる。F病院で診察。じん帯がはずれた模様。コルセットをはめて一〇日間安静にとのこと。雨ガッパをシーツの下に敷く。

一月二〇日　曇天で寒い一日。トイレに立ったりしゃがむとき「痛い、痛い」を連発。「腰に雷様が走るようだ」と叫ぶ。布団の上で動き過ぎてビニール以外のところで粗相する。

一月二一日　旧暦の大晦日《おおみそか》。寒気団が居座る寒い一日。昼は薄日が差して少し楽。コルセットをはめて寝る。トイレの帰り、テラスで一時だけ花火を見るもすぐ寝る。

一月二二日　元日。曇天。バナナとオレンジジュースがおいしい、というほか何も食べず。今日から三日間、街中休み。何も買えない。誰にも連絡できない。

一月二三日　正月二日目。大したものは食べられない。夜中にうなされていたので声をかけると、「川で流されそうになっていた、助けてもらっていかった」。悪夢を見たようだ。

一月二四日　曇り後少し晴れ間。風少々。すべてに介助が必要。思考力低下極度に。認知症が進み、妄想が増える。悪化している模様。夜間のトイレで私の腰痛と心労。

一月二五日　晴れ。天気の良さだけが救い。腰痛治らず私の疲労。認知症さらに進む。TVの相撲を見て気をまぎらわせる。オムツをちぎって布団に粗相する。

一月二六日　「誰がこんなの付けたんだ！」。オムツをはずして「痛い、痛い」と怒る。体が痛いので何かと当たる。「誰がここへ連れて来たんダア！」「こんなザマで生きていたくねえ！」「死にたくても死ぬ力がねえ（無い）！」と、何度も大きい声で叫ぶ。

一月二七日　雨。紙オムツを嫌ってちぎり捨てる。体がいうことをきかないのに立とうとする。が、手がきかない。コルセットをはめて安静にして一〇日待つことになっていたが、本人が動くので意味がない。私の体力限界。家中臭い。病院に再診の要請をするため予約。

一月二八日　曇天。寒い。冷え込む。事故から一〇日目。病院へ行きX線検査。往復とも救急車。このときまだ手術の提案なし。

一月二九日　大寒・寒波。何年も介護をしている人を思い出し、自分はまだまだ、と励ますが……キツイ。同じ調子が二月五日まで続く。

二月六日　雨の中、救急車で入院。二月九日やっと手術。洗濯から解放される。痛いから動くのだろう、敷き布団からずり落ちている。落ちたところでオシッコをするのでカーペットは台無し。室内異臭。腰を動かせず、守衛さんを呼んでオムツ交換する日々。だんだん私が病人風になっていく。形相の変化に恐ろしくなる。昼夜関係なく、食欲もなく同じ服を着たまま、Baちゃんが寝たときに私も眠り、起きれば世話をする。

友人たちに電話してみたが、日本に帰っていたりテト旅行で不在だったりで、誰とも連絡が取れない。

手術すれば治るの？

テト明けの家の中は公衆トイレで感じるような臭気が漂っていた。それにしてもハノイの救急車が一階までしか来ないとは知らなかった。上階に住んでいる人は自力で降りなければならない。もちろん救急車を呼ぶくらいだから重病で降りられるわけがないが、そのときは隣り近所の住民が、助け合い精神で協力し合うのであった。それを知らない私は、一階に来ている救急車がいつまでたっても上がって来ないので、「何やってるんだろう」と思って見に行くと、彼らは、

「まだ？」

と降りて来ない私に催促をした。運転手と看護助手のような人が待っていて、彼女の靴はハイヒールだった。

それでも救急車代を一二〇ドル払わなければならないのが不思議なところだ。四階に来てくれない救急車を断った。階段から運び下ろしてくれるフレンチ病院専属の救急隊が来たのは、約二時間後。来ないよりはありがたい。交通事故の現場に行

っていたので時間がかかったという。ハノイで唯一階上まで来てくれる貴重な救急車で運ばれたのはいいが、着いたのはフレンチ病院ではなく、MRI検査をやる病院だった。

一路フレンチ病院に行くと思っていたが、フレンチ病院にはMRI検査機がないので別のところに運ばれたわけだが、何とそこでは停電で待たされた。病院の待合室は廊下なので救急車内で待つのが一番ということだが、外はどしゃぶりの雨で寒い。

「おい、便所へ連れて行け！」

この言葉を何度聞いただろうか。運転手や付き添いは救急車から出て玄関でたばこを吸っているのが見える。私は母をなだめすかしながら待った。とても長い一時間だった。やっと入院する病院に運ばれたとき、母は衰弱して声もなく、私もへとへとで、もうこのまま「死んでもいい」という心境になっていた。

ハノイでは最高の施設を持つフレンチ病院の仏人医師は検査した写真を見ながら、

「腰骨のじん帯がはずれているが手術すれば治ります。しかし、高齢なので体がそれに耐えうるかどうかは、分かりません」

「何もしないとどうなりますか？」

「このまま鎮静剤を投与し、体は傷つけない。ただし、寝たきりなので体力が徐々に落ちていき痛みを伴いながらゆっくり死に向かう」

二者択一。どちらか一つ選べといわれても困るが、「手術すればまた歩けるようになる」という方を信じて前者を選んだ。寝ているときは静かでも、起きている間中悲鳴を聞くのはつらい。特に夜中に睡魔に襲われる中で聞く悲鳴は、正常な自分でいられなくなるぐらいに怖い。

翌日は手術ということで、前日のうちに手術の承諾書を出さなければならない。麻酔担当はベトナム人の医師であった。彼は、難しい顔をしていった。

「八四歳？　ベトナムでは八五です。八五歳で全身麻酔は危険です。それにこのオペは一時間かかります。その前後処置もあるので、少なくとも二、三時間は冷たい台の上です」

と、暗に「やめた方がいい」ともとれるいい方をした。

そういわれると迷った。体重三五キロの母。明日手術台で死なせるか、面倒をみながら徐々に死なせてやるか、この判断を自分一人で、今この場でしなければならない。でもこの三週間で自分の体調がおかしくなってきたことも事実だ。

「手術すればまた歩ける」

この言葉に一縷《いちる》の望みを託して、手術承諾書にサインをした。

朝八時に予定されていたオペは、交通事故の急患が入り、午後に回された。その間母はずうっと白衣を着せられ、飲食もできずまな板の上の鯉。六時間後の午後二時、手術室へ向かった。私は今生の別れになるかもしれないという覚悟をした。

「Baちゃん心配いらねからの、がんばっての」

「ああ」

小さい声が聞こえた。ついこの前、思い切ってアンコールワットへ行っておいてよかった。そんなことを考えながら、病室から台車で運び出されていく母を見送った。

笑う看護師

手術が終わった。

集中治療室で目が覚めるのを待つ。死んだような肌の色をしていたが息はあった。顔も体も冷たい。冷え性の母がこんなに冷たくても息をしているのが不思議だった。その日は病院が面倒をみてくれるので帰宅した。そして爆睡した。

本人にケガや手術の自覚がないので、対応には苦労した。たとえば点滴を見て、

「何だこれは？」

といって針を抜いてしまう。トイレに行きたくなると、

「おい、便所に連れて行け！」

と命令する。「オシメしてるから」といっても、

「こんな白い布団を汚すとおごった(困る)。ぼろきれ持って来い!」と怒鳴る。これが一〇、一五分ごとに叫ぶし、誰も行かないと自分でベッドから降りようとする。手術後で安静にさせなければならないのに、これでは悪化させてしまう。それで看護師が手足をしばり、口もテープで留めなければならなかった。唇はざらざらになった。

そんなことが一週間続き、入院して一〇日後退院できた。本当はまだ病院の方がいいといわれた。でもそれでケガは治ったかもしれないが、私の方が泊まり込みにまいってしまい、半病人になってしまいそれ以上は無理だったからだ。ベトナムはまだ途上国なので、多くのことを求めるつもりはないが、病気になったときだけは困る。

しかし、およそ考えられないことが再び起こった。せっかく治って少しずつ歩けるようになっていたのに、一カ月もしないうちにまた骨の障害を起こした。そして前回と全く同じコースをたどった。

救急車—MRI—入院—手術。もう一度「手術承諾書」にサイン。

前回とどこが違うかというと、手術後ICU(集中治療室)に入ったまま、退院まで出られなかったことだ。体力が落ちてしまい、もう点滴の針を抜く力も紙オムツを破く力もなくなってしまい、眠っている時間が多くなってしまっていた。

回復して元気になると大きな声で叫ぶので、前回と同じく口にガーゼを当てられテープで留められたりしていた。

体が利かなくなると認知症が一気に進むことを目の当たりにした。

「Baちゃん、大丈夫？」

「オマエ、誰でえ？」

退院の日が来てもまだ歩けない。

このまま帰されても洗髪もさせられないので看護師さんに話して、病院にいる間に洗髪してもらうことにした。男性の看護師で年寄りの扱いがうまい人がいて、前回の入院のときも着替えやシャンプーの仕方を若い看護助手たちに指導していた。今回も彼が担当してくれた。

髪がきれいになり、オムツも替えてもらってさっぱりするはずだったのに、オムツをはずした瞬間、母は待てずに粗相してしまった。こうなると本来替える必要のないシーツ交換までしなければならない。私はその一部始終を見ながら「ヤバイ！」と思ったが、彼は、

「アハハハ」

と笑ったのだ。そして何事もなかったように、笑いながらてきぱきと作業を続けた。

その手伝いをやってる見習いの看護助手たちも、ただ笑うだけ。

「さっき替えたばかりなのにまたあ、ハハハハ」

日本人だったらこういう場合「ムッ」とするだろう、と勝手にそう思った。ベトナムは、子どもと老人は何をやっても大目に見てもらえることが多い。笑ってもらったことで私は救われた。まあ、われら「はぐれ☆」は、こんなことに助けられることが多い。

ところでベトナムでは大人用の紙オムツがない。いや、ないというのは正確ではないが、フレンチ病院で支給されるのは中国製で、陸路で入ってくる。しかし、品質はイマイチだ。日本の製品はすごい。私は友人に頼んで日本から運んでもらっているが、これを使うと、もう中国製は使えない。第一、中国製は吸収力が弱い。日本製は、おしっこ三~四回分（そんなに取り替えなくてもいいの？）というものもある。

あわや殺人犯

母は、退院の日が来ても一人で立つことさえできなかった。これも最初のときと違う。タクシーに乗るまでは病院の人たちがいたからよかったが、家に着いてからが大仕事。それで留学生の福田くんに電話した。彼は国家大学言語学部の大学院生なので、つかまえられるかもしれない。彼が在宅していたので手伝ってもらえた。でも母の体がコンニャクのようにフニャフニャしていて、それを支えながら移動させるのは難儀なことであった。二人とも汗だくになった。これからの自宅生活を思うと気が滅入《めい》りそうだが、自分の家にいられると思うと安心した。

しかし、あのときのことを思うと、私は今でもゾッとする。

夜中、一五分おきにトイレに連れて行かねばならず、睡眠不足になっていた。紙パンツを着けているのだからトイレに行く必要がないのに、いくら説明しても、「トイレじゃないとダメ！」なのだ。

それで私の体にもたれさせてトイレまで連れて行き、やっと寝かせたと思うと、すぐまた「おしっこ」である。行っても出ないのだが、認知症なので行ったことを忘れる。だけど行かないと安心しない。健康なときもそうであったが、そのときは自分で歩けたのだから問題はなかった。

今は介助が必要なので、私が頻繁に起こされてしまう。寝ない方がいいくらいだが、更年期障害で体調が悪い。私はあまりの眠さにある夜、病院で覚えたやり方で母を縛った。これで動けないから諦《あきら》めるだろう。ああ、ゆっくり寝られる。

その夜のことだ。

あたりは寝静まりシ〜ンとした真夜中、異様な音がしたので飛び起きて電気をつけた。そして息をのんだ。

「死んでいる……」

ひとりでベッドから出ようとしたらしい。でも布団の上から縛ったヒモがある。手を出し体を動かして出ようとしてヒモに引っかかっていた。首吊《くび》り状態になってぐにゃりしていた。真夜中の二時。私は足が震えた。

「介護に疲れた娘が母親を○○」

「夫の介護に疲れた妻が××」

よく新聞で見る活字の世界が自分の目の前に浮かんだ。

腰の痛みとともに心臓が高鳴った。

「娘、母親と同居二年で限界か！」

新聞で見た他人《ひと》様の話が、今自分のことになるとは……。

「『だからベトナムへなんか連れて行くんじゃない』といったのに」

いろいろな人の声が脳裏に浮かんだ。

守衛さんを呼ぼうか、でもこんな真夜中じゃ何もできないだろう。みんな寝てるから明日の朝の方がいいか。どうしよう……。そっと顔に手を当てた。

温かい。何か呟《つぶや》いている。

「便所に連れて行ってくれいや」

生きている！

ベッドから落ちたまま、どうすることもできず、そのまま眠ったようだ。だが、もしあのまま永久に眠られたら、私は殺人犯になっていた。

オシンたちに感謝

今回の騒動では「オシン」と呼ばれる、お手伝いさんの協力なしでは乗りきれなかった。最初の入院では知り合いの呉さんが、私に同情して自分の娘をベトナム中部の嫁ぎ先から呼びよせ、わが家へ派遣してくれた。彼女の名はフエさん。中学生の娘がいるのに実家の父親のいうことを聞いて、見知らぬわが母娘《おやこ》のために泊まり込んでくれた。おまけに自分の食いぶちとして、一〇キロの米を背負って実家のニンビン省からやって来た。

私は夜病院に泊まり込み、昼は帰宅して寝るという交代要員ができたので、本当に助かった。彼女は公務員だが、テト休みと有給を合わせ二週間全部を、われらに提供してくれた。

「家の方はいいんですか？」

「娘は中学生ですから、家事はみんな娘がしますから大丈夫」

「ご主人は何もいわないの？」

「私の父親の命令だから何も」

というわけで、私には信じがたいが、ありがたい助っ人《と》であった。

二度目のときはすぐに歩けず、部屋に簡易トイレを置いても、全て一人でやるには限界があった。誰か手助けがほしいが、もうフエさんには頼めない。行きつけのカフェの女の子に目を留めた。彼女の名はホンさん、漢字では紅となる。ちなみにハノイを流れる川はソンホン（紅河）。その河の内側の町がハノイ。漢字で書くと河の内なので「河内」と書いてＨａＮｏｉとなる。

　ホンちゃんは、フート省の中学を中退してハノイのカフェで住み込みで働いていた。一九九〇年生まれの一四歳。本来なら中学に行っているはずだが、家庭の事情で中退した。これまで母は、短期間を含め五、六人のオシンたちのお世話になったが、ホンちゃんとは今までの誰とも違う、いい雰囲気を持っていた。たとえば母が、

「お姉ちゃん、何県なの？　私、新潟県」

「ザァ、ザヴァン（はい）」

と恐縮しながら、「何いってるんだろ？」と思ってもひとまず、「ハッ、ハイ」と真剣に答える。これまでのバクニン地方や、ターイ族の村に行ったときと同じだ。言葉で

はなく相手の表情、態度が大切なのである。ホンちゃんが、ジュースを作ってベッドに持って行くと、

「モイ、バア（おばあさん、どうぞ）」

「ありがと。これで飲むの？」

「ザァ（はい）」

といいながら、ストローを指差す。

彼女は料理も掃除もプロ級で、ずうっといてもらいたいと思ったくらいだったが、さすがにカフェの方でも手放さない。それで午後だけ、それも彼女の休憩時間のときだけ来てもらったが、それだけでもとても助かった。母は回復してくると簡易トイレが嫌だというようになり、トイレまでの歩行の付き添いが必要だった。そして外へ散歩ができるほどに回復した。

約二カ月、ホンちゃんがその介護をやってくれた。

彼女は中学に行きたいけど、弟や妹が小さいので親に仕送りしなければならず、私からアルバイト代を受け取るときも、

「これで両親が喜びます。ありがとうございます」

と笑顔でいうだけに痛々しかった。

フエさんとホンちゃんの他にも、いろいろな人の協力を得ながら、母は歩行できる

ようになっていった。敷地内を杖《つえ》をついて、のっそのっそと歩く練習を始めたとき、守衛さんたちが拍手した。そして、

「日本のおばあさんは元気ですねえ。ベトナム人ならもうダメだったでしょう」

「信じられないよ。あんなにグニャグニャしてたのが歩けるようになるなんて」

いつも門の前にいるセオム（バイクタクシー）君も、

「奇跡的ですよ」

彼らには寝返りしたまま手が体の下に入り元に戻せなくなったとき、手伝ってもらった。

私の周りの日本人、ベトナム人の誰もが奇跡だといった。世にあるはずのないことのたとえとして、「スッポンが時をつくる」といういい方があるそうだが、私はその言葉をとても身近に感じてしまった。

新潟県中越地震

奇跡の回復をみせた母。五月から六月にかけて咲く、団地内の赤い鳳凰木《ほうおう》（俗称・火炎樹）や紫の花が咲くバンランの木の下で、せっせと歩行訓練をした。本人は、ケガをして手術したことなど何も覚えていないので、

「年取るとほっけに（こんなに）体がゆうことききかなくなるもんかのお」

といいながら、杖を使って一歩一歩、大地を踏みしめるように歩いた。そして夏休みの頃には、サパに行けるほどまで元気になった。

サパは中越国境（ベトナムと中国）山岳地にある高原の町で、ハノイから北へ三七五キロ先にあり、フランス植民地時代に発見された軽井沢的存在の避暑地だ。ハノイから夜行列車・ビクトリア号に乗り、翌朝ラオカイ到着。そこからさらにバスで南西に、棚田を見ながら登って行くと、標高約一六〇〇メートルのサパに着く。

母は越後の山奥で生まれ、同じ村に嫁いだせいか、山に囲まれていると気持ちが和むという。サパから見える一番高い山は、ファンシパンといい、三一四三メートルあるベトナムの最高峰だ。この山の名前を覚えられない人は「阪神ファン」と覚えるといい。私たちは、サパの教会や市場の坂道を散策したり、喫茶店に入ったり、写真を撮ったりしながらモン族やザオ族の中に交じっていたので、われわれの方が少数民族だったかもしれない。

「いい山だねえ、高あけえ山だねえ」

サパにいる間、楽しんだ。

ハノイに戻ってからも一週間も山のことをいい続けた。数秒前のことさえ忘れる人が、と思うとよほど印象的だったのだろう。その後、静かで暑い夏が過ぎ秋になり、静かなまま、訪越三周年を迎えるはずだった。

二〇〇四年一〇月二三日の夕刻、わが故郷の越後に地震が発生した。

今までは、

「小松さんの田舎どこ？」

「堀之内町」

といっても、

「どこ？　それ」と聞き返されていた。「じゃ小出は？」「知らない」「川口？」「知らない」と隣町をいってもダメだった。

「小千谷」といっても「知らない」。「長岡」「湯沢」あたりでやっと、「聞いたことある」となっていた。その間にある魚沼地方は、米どころで「こしひかり」の産地として知られてはいても、それがどの辺なのか、分からない人がかなりいた。それが自然災害の新潟県中越地震というありがたくない形で一挙に全国版になってしまった。

三年前、私たちが町から出るとき、家から長岡まで送ってくれた小千谷の従妹《いとこ》の家も、私たちが走った道路もトンネルも、見送りに出てくれた本家の蔵も、みな被害に遭った。ベトナムに来るとき送別会をしてくれた同級生たちとも、母の実家や、叔母《おば》とも、誰一人として連絡が取れなかった。テレビのニュースで母の実家の家族が映っているのを見て、避難所生活をしていることが分かったくらいだ。

山古志《やまこし》の土砂ダムの下流にある堀之内町（現・魚沼市）竜光地区は、避難勧告が出され、わが母校の宇賀地小学校で一〇日も避難所生活をしていたらしい。私は画面にお年寄りを見ると母親とだぶってしまい、胸が苦しくなった。今、私たちはベトナムにいるが、もしかしてあの避難所にいたかもしれない。そうしたら、一五分毎にトイレに行くなんて大変なことだ。トイレの数は決まっている。あれだけの人数じゃ、いつでもすぐ入れるわけではないから順番待ちもあるだろう。

「今日はいい天気だのし」

などと、何度も同じ言葉を繰り返されれば、聞く方はイライラもしてくるだろう。普段でさえ、認知症の人間の相手をしてると苛立《いらだ》つ人が多いのに、みんな家や仕事やこの先のことで気が立っているとき、ノー天気な話をされたら煩わしがられるだけだ。私は、母があの避難所にいなかったことで、迷惑をかけずに済んだかと思うだけでホッとした。

ベトナムに来てから二回の行方不明事件、救急車による入院、手術も二回、日常生活の細かいことなどいろいろあるたびに、連れて来てよかったのかどうか、何かにつけて考えた。でも故郷の友人から来る電話やこちらからかける電話、もらう手紙やEメールで、ベトナムに来てよかったと強く感じた。

被災者には申し訳ないが……。

「故郷《ふるさと》は遠くにありて思うもの」

家はなくても、子どものころ過ごした山や川、親戚《しんせき》、恩師、同級生、お墓、天神様、あれこれ思い出す。知人から送られてきた特別報道写真集『新潟県中越地震』(新潟日報社刊)や、『激震魚沼〜魚沼市川口町』(越南タイムズ編)を見ると、さらにその思いが強くなった。写真集を見ながら、母は、

「ほっけのことがあるもんだかのお、おっかねえのお」

しばらくして、

「オラどこのじいちゃん(自分の夫)生きてるか?」

「死んだよ。死んだからBaちゃんベトナムへ来たんだからね」

「そうか、死んだか。じいちゃん早く死んでいかったのう。生きてればおっかねえ目に遭わんばならんかったすけソウ」

こういう判断はできるのだが、数秒後には地震があったことすら忘れてしまう。でも怖いことは忘れた方が、幸せなこともある。

「この老母を幸せにしよう」

という、あの日の決意は変わらない。今幸せかどうか分からないが、あの地震と、その後一ヵ月以上にわたって続いた余震に遭わなかったこと、避難所生活をしなくて済んだことだけは確かだ。

第五章　おBa様お手をどうぞ

バナナとブランコ

母の幸せは安上がりだ。

「巨人、大鵬《たいほう》、卵焼き」で育ったのはわが世代だが、彼女の時代はバナナが貴重品だったそうだ。もちろんわれらとてバナナが高級なものであることに変わりはなかったが、それでも買えないわけではなかった。

「あっけの高価なもんは、一生たっても食えるもんじゃなかったテ。天皇陛下でもねければ(なければ)、やたら食えるもんじゃねかった」

母は必ず「天皇陛下」とか「天皇さま」という。タクシーに乗っても、

「昔は天皇さまでもねければ　ほっけの(こんな)車になんか乗れねかった」

「っへえ?」

とおどけたいい方をすると、ムキになって、

「ほんとだよ。下々のモンはほっけ贅沢《ぜいたく》できねかったんだよ」

母はバナナを食べるとき、とても幸せそうな顔をする。きっと天皇さまと同じような気分になるのだろうか。ベトナムの農家ではバナナなどどこの家にもあり、年中食べられるものなので、珍しくも何ともなくお土産にも使わない。農家では食べきれず

家畜のエサにするところもあるくらいだ。だから、ベトナム人の家庭を訪問するとき、バナナを持参してはいけない。

だが、Ba ちゃんにとっては憧《あこが》れの好物のバナナを、毎日食べられるのだから、幸せかもしれない。ベトナムではバナナは安い。一本五〇〇ドン（五円）と計算をするので、一房一二本として六〇〇〇ドン（約六〇円）、一二四本付きを買っても約一二〇円。これで幸せそうな顔を見られるとは何とも安上がりで私にとってもありがたい。

それからブランコ乗りも大好きだ。わが家の前の広場には、砂場とすべり台、ブランコがある。日に何回かブランコ乗りをする。でも夕方は子どもたちに占領されるので淋《さび》しそうに見ているが、誰もいないと、

「ブランコがあいてるすけ（誰もいないから）、ちょっと乗ってくらのお」

と、まるでデートでもするようにイソイソ出向く。ブランコ乗りは、足腰が鍛えられるので、熱心になってくれることはありがたい。雨上がりのブランコは、雨水がたまっているので丁寧にふく。自分が乗るところだけでなく、三つ全部きれいにする。

「何でそんなことするの？」

「子どもが学校から帰ってきたとき、すぐ乗られるようにソ」

そんな配慮がまだできるのだ。

初恋の人に再会？

実は母には胸をときめかす相手がいる。その人の前に出ると目が輝き、

「おまえさん、ふさんこったのお、お元気でしたか？」

越後弁と丁寧な言葉が交じってしまう。どこで出会った人なの？　と聞くと、

「そうソ、どごだったやら」

と残念ながらはっきりしないが、何回目かのときにこういった。

「あのころは戦争がありましたからねえ、大変でしたよねえ」

三〇代の男性をつかまえてこういう。

「こっちの端から向こうの端まで広い原っぱで草取りしてねえ。そうですか、お元気ですか」

そのときの顔は、私が今まで見たこともない、いい表情になる。

「奥さんはどこからもらったんですか？」

なんていう質問は誰にもしたことはないが、彼にだけする。気になるのだろう。でも哀しいかな、すぐ忘れてしまう。それで何回も聞くはめになる。

彼とは、マイチャウに一緒に行ったKさん。マイチャウのほかにもフート町の友人

の結婚式などに一緒に出席した。彼はターイ族の研究のため、年に一度訪越するが、私の無理な頼みを聞いてもらい、わが家の「Ba詣《もう》で」をお願いしている。Kさんとは年齢的に自分と釣り合いがとれないことなど、何も分かっていない。まるで同世代だと思っているところがほほえましい。

「あの頃は食べるものが無くてねえ、ほんとに大変でしたよねえ」

「そうでしたねえ。芋や山菜ばっかりでしたねえ」

さすが文化人類学者。合わせるのがうまい。どんなに忙しくても、三〇分だけでもわが家を訪問してもらい、母の嬉《うれ》しそうな顔を見るのは楽しかった。今は一緒に撮った写真を部屋に貼りだした。時々見ては、

「懐かしい人だねえ」

といっている。時制感覚は失われているが、ほのかな思いの感情・感覚は健全だ。

戦争中の話をしていたと思ったら突然、

「オマエ、戦争の時どこにいた？」

と私に聞く。

「まだ生まれていないよ。Baちゃん、嫁に行ったのが昭和二〇年だから」

といっても理解できないのだ。そしてまた突然、

「実家のオレの親は生きてるか？」

「死んだよ」

「いつ？」

「ずうっと昔」

「そうか。じゃ大年寄りは？」

「親が死んだんだから、もっと前に死んでるよ」

「そうか、死んだか」

自分が八〇代なのに、親や祖父母が生きているかだなんて、脳が平面になっているのだろうか。時制感覚が無くなる。でも好意を持っていた人が時空を超えてベトナムに現れた？　ことは、よかった、よかった。

「みちのくゆかりの会」

ハノイに東北出身者が集う「みちのくゆかりの会」というのがある。東北出身者というのは目安であり、かつて勤務していたとか、奥さんが東北出身だとか、大学が東北など、つまり何らかのゆかりがあれば参加できる。「はぐれ☆」は、東北の隣県ということで参加してはや五年。月に一度集まり、酒を飲み、おいしいものを食べ、情報交換をしているが、越後の年寄りが参加することで、会がリラックスするといわれ

ている。駐在員から所長、社長さんらが集まると仕事の話になりがちだが、

「お年寄りがいることで、皆さんが癒《いや》されるので会費は要りません」

会を主催する宮田さんはそういう。彼は、一時帰国のたびに、寿司《すし》ネタや、青森のりんご、ホタテ貝、きりたんぽなどを運んで来てふるまう。そんなところで、みんなから、

「ばあちゃん、ばあちゃん」

のお声がかかり、幸せなことだと思う。彼女も、

「オラ方にそっくりの人がいるが、兄弟じゃねえろか」

などといって話に夢中になる。この場に集まる人は、みんなやさしいし、母が認知症だということを知っているので私は安心して心配ごとから解放される。ある若い女性がいった。

「おばあさん、まるでアイドルですね」

とまるで嫉妬《しっと》したふうであったが、男性は若い女性に声をかけたくても変に誤解されることを恐れて、無難な年寄りを相手にしているのかもしれない。でも私にとっては何でもいい。母にみんなから声をかけてもらうことがありがたいのだ。何だかこれって、子どもを持つ親の気持ちにも似ているのかもしれない。

道子さんと八日間

母はベトナムで、どれくらいの人のお世話になっているだろうか。国籍、男女、職業を問わず、特に留学生のみなさんにはずいぶんお世話になった。二〇〇四年、私が取材で日本へ出張したときは、大阪大学院生の川越道子さんに一週間も泊まり込んでもらい、食事から風呂《ふろ》の面倒までみてもらった。彼女には語学留学時代から博士課程の現在に至るまで大変お世話になった。彼女が残した詳細なメモのうちの、ごく一部を紹介したい。

一日目　二度散歩に誘われました。一度目は二時ごろ。おしゃべりしたそうに部屋にやってきたので「後で散歩に行きましょうか」と声をかけたところ、しばらくして着替えてきたおばあちゃん、「今行こう」というので湖畔を回ってきました。帰ってからしばらくテレビを観ていましたが、私が机にばかり向かっているのが気になるらしく、「ちょっと体を動かした方がいいよ、外へ行こうよ」と二度目のお誘い。「明日にするよ」というと、「あんたブランコに乗ったことある?」と食い下がるが、「明日ね」というと

「そうかね」と一人で二度目の散歩へ。帰って来たかと思うと、「また行くよ、トイレに来たんだよ」といって一時間ほど散歩へ。夕食後、「ご苦労さんでした」といわれ、「あんた留守番だろ」と。留守を預かっていることはご存知のようでした。夜、もう一度散歩へ。

二日目

今日のおばあちゃんはゆっくりよく寝る。起きたとき洗濯物干しをお願いする。昨日は洗濯物を干していたら、洗濯バサミでしっかり留め直されていた。今日はタオルや布巾《ふきん》を数枚洗い、おばあちゃんに干してもらうようお願いすると「一緒にしようよ」と自信なさそうなので、初めだけ一緒にしたが、一人で大丈夫だった。「ありがとう、とても助かりました」というと、嬉しそうな顔になった。干し方はやっぱり上手。夜、福田さんとKさんが様子を見に来てくださる。ありがたい、嬉しかった。

三日目

朝、ベランダの二鉢が、小さな花をつけていた。夕方、湖畔を散歩していると、ベトナムのおばあちゃんから肩をたたかれたおばあちゃん、びっくりしながらも話しかけていた。八二歳だというそのおばあさんの足取りが元気なので、「ついて行こう」とスピードアップ。「達者だねえ」といいながらついて行く。

四日目　朝、おばあちゃんが「ここはベトナムだよねえ」というので、「そうだよ」と答えると、「ベトナムの女の人は威勢がいいねえ。『お〜い』なんて人を呼んで。女の人は『お〜い』なんていわねえんだがねえ」。なかなかよく聞いている。散歩に行きたそうだったが午後から雨。ニュースの時間になると「一緒に見ようよ」と、いつも呼びに来る。「後でね」というと実況を始めた。「たくさん増えて大変だ」というので、「何が？」と聞くと、「けもの」という。熊がエサを求めて村に現れたニュースだった。

五日目　今日は天気もよいのでおばあちゃんの服一式を洗濯。また干すのをお願いする。「分からねえよ」と少し嫌そうだったが、ベランダに連れて行くと黙って干してくれた。午後、髪を洗いに美容院に連れて行く。夕方、出かける旨を伝えると、「明るいうちに出かけなさいよ」とうながす。準備した夕食を食べ、食器も洗っておいてくれた。しっかりしていると思う。「洗い物してくれてありがとう」というと嬉しそうだった。

六日目　朝「NHKのど自慢」（ベトナム時間一〇時一五分〜）で起こしたためか、昼ご飯の途中で「寝てる方がいいよ」といって部屋に入る。ご飯に新聞をかけたままおいておいた。しばらくしてまた来て、「誰か人が来るんかね」。テーブルのご飯を見ていうので、「おばあちゃんのだよ。食べていいんだよ」というと、きれいに食べた。

夜、お風呂。下着替える。失禁があったようで、トイレットペーパーがたくさん当ててあった。おばあさんがトイレットペーパーをたくさん持ち帰るのは、このような、人にいえないときのための備え？　おばあちゃんにとって大切なのは安心感・安定していることかもしれない、と思う。安心しているときはとてもまともなのに、探し物が見つからないとき（不安や気になることがあるとき）、記憶がおぼろげになったり、落ち着かない様子になる。これはどんな人でも。お年寄りならなおさら？

七日目　午後、外出先から帰宅したらNHKが映らないので、業者に連絡。それまでの間、北島三郎の歌謡ショービデオを観てもらう。おばあちゃんは勘がとても鋭い。不安な気持ちになると同じことを繰り返したり、脈絡のないことをいう。夜、福田さんが様子を見に立ち寄ってくださる。

八日目　朝、もう一度テレビ技師の二人が来て屋上に出たり、部屋に入ったりバタバタして、やっと直る。

道子さんありがとう、とても助かりました。

成田発午前一一時、ＪＡＬ５１３５で飛び、午後二時四〇分ハノイに到着した。

みかんの花

あるとき必要があって、戦前の歌謡曲『シナの夜』を聴いていると、

「いい音楽が流れているのう」

と私の仕事部屋に入ってきて椅子にかけた。

「懐かしいかの？」

「そうだのお、昔どっかで聴いたことあるってだ（ようだ）のう」

聴いたことあるはずだ。母が一八歳のとき発売された歌だ。渡辺はま子の透き通った官能的な声は、今私たちが聴いても魅力的だ。

動こうとしないので、そのまま『桑港のチャイナタウン』や『蘇州《そしゅう》夜曲』『何日君再来』『夜来香』を流し続けると、その間、真剣な顔つきで聴いていた。自分が二〇歳前後で聴いたはずの歌のせいか、目が輝くのでしばらく付き合う。

われわれ団塊の世代が老人ホームに入ったとき、橋幸夫の『いつでも夢を』や舟木一夫の『高校三年生』、三田明の『美しい十代』なんかを聴かせてもらうんだろうか。

懐かしの曲を私が日本から取り寄せたのは、ベトナムのおばあさんで『湖畔の宿』の一部分を歌う人がいたので、一緒に歌いたいと思って友人に探してもらったものだった。それが、何と自分の母親にも役立つとは、意外な発見だった。

夕方の散歩で湖畔を回っているときだった。いつもは通り過ぎる場所だったが、こんもりした肩までの木に白い花がたくさんついていた。キンカンの花が咲いていたのだった。

私は思わず、

「み〜かんの花が咲〜いている」

と歌った。初めは黙っていたが、繰り返して歌っていると、小さい声ながら一緒に歌いだした。

「みいかんの〜はあながあ〜」

どこで習ったんだろうか。あるいは昔はよくラジオから流れていたから耳にしていたのだろうか。私は一番しか分からないので、同じ歌詞を何度も繰り返して歌いながら歩いた。もっといろいろな曲を聴かせ、忘れている脳に刺激を加えてあげよう。そ湖畔の散歩道に一ヵ所だけブロックを越えなければならないところがある。そこにこに来ると、転ばないように私はいつも右手を差し出す。すると母は、左手をひょいと私の手に乗せるのだが、その格好が、まるでダンスに誘われたときのマダムそのものでおかしい。「奥様お手をどうぞ」ならカッコいいけど、私には「おBa様お手をどうぞ」であった。一日一回はするこのポーズの習慣が少しでも長く続きますように、と願わずにはいられない。

「ローバ」語録

朝起きて「今日もえぇ天気でありがてぇ　こっちはえぇのぉ　毎んち晴れて」

「ここはまだ雪が降らねか　あったけぇのぉ」季節を忘れる小春日和

内履きと　外履き区別つかぬ母　草履《ぞうり》で外へ　そのまま部屋へ

「ブランコが空いているよ」と飛んで出る　まるで子どもだハッチュウの

今日もまた帰宅するなり水流し　頭の中は汲《く》み取り時代？（トイレそのまま）

「八四？　あらまぁお元気そうですね」体は元気　脳は不元気

「この辺は来たことあるよな気がするのぉ」Baちゃんいうけど初めての土地

テレビ見てドラマなどが始まると「ええのやってる。オマエも観らっしゃい（観なさい）」

Baちゃんと一緒に散歩し納得す　お辞儀する人　合掌する人

Baちゃんに言葉の違う世界なし「こっちがあやせば子どもは笑うよ」

今日もまた　散歩に出かけ　手にお菓子　誰がくれたか　Baちゃんの手に

またある日　黄色い花を持ち帰る「知らん女っ子がくれたんだてぇ」
Baちゃんをバイクに乗せて午前様　熱燗《あつかん》飲んで　お休みなさい
青年を　見れば記憶がよみがえる　若くして戦死の　自慢の兄を
「昔はねぇ若けぇ人がいねかった　みんな戦争へ　ワタシの兄もね」
若い人　見ればいつもいう言葉「今はえぇねぇ　センソ（戦争）がね（無）くてサ」

一七文字で綴《つづ》るベトナム二四年

日本からハノイに行くときどこ経由？【一九九二年　直行便など夢のまた夢】
タラップ降り「神戸バス」にて入国し【一九九二年　神戸市営の中古バスが稼動】

オペラ座の前を水牛　竹を引き【一九九二年　真っ暗闇の広場をノッソノッソ】

自転車もシクロも止まる洪水で【一九九二年　排水が悪く大雨のたび道路冠水】

郊外に出るたび届ける移動許可【一九九二年　移動証明書は九三年に撤廃】

『おしん』観に通りが埋まるTVカフェ【一九九三年　TVの普及度はまだまだ】

外人も訪ねて行ける普通の家に【一九九三年　それまでは訪問できなかった】

画期的タクシー登場メーター付き【一九九四年　九三年大晦日《おおみそか》から稼動】

日本から首相来るよな国になり【一九九四年　村山首相訪越、ODA日本語教育約束】

爆竹が禁止されても音が鳴り【一九九五年　そう簡単には止められない】

米越の国交解禁でジーンズ店【一九九五年　そう簡単に普及はしなかったが】

アセアンに加盟するなり英語塾【一九九五年　ロシア語バイバイ英語よコンニチハ】

これからはベトナムだよと投資熱【一九九五年　第一次「バスに乗り遅れるな」】

ベトナムに初めてできた日本人学校【一九九六年　その前は週一の補習校】

ハイフォンに工業団地完成す【一九九六年　北部で初めての外国資本団地】

中越の国境鉄道再開す【一九九六年　一九七九年の中越紛争以来中断】

初めての国際会議フランコフォン【一九九七年　フランス語圏諸国会議】

刑務所がオフィスビルに変身す【一九九七年　仏が造った獄舎跡に近代的ビル】

ベトナムを通過してゆく通貨危機【一九九七年　ケイタイ、パソコン出始める】
タイ旅行パックが売れる「危機」知らず【一九九八年　通貨危機など他人事《ひとごと》】
フランスでのワールドカップに目を腫《は》らし【一九九八年　深夜観戦仕事ならず】
街中がステレオになる深夜観戦【一九九八年　ベトナムの平和を実感、格差も僅《きん》差《さ》】
『ウルルン』や日本のテレビのベトナムブーム【一九九九年　まさか自分も出演とは】
今は昔ベトナム解放四半世紀【二〇〇〇年　戦争イメージから脱却観光地化へ】
大阪とサイゴン結ぶ直行便【二〇〇〇年　ドンコイ通りの日本人観光客話題に】

ＯＬが会社をつくって社長さん【二〇〇一年　ベトナム人の会社設立簡素化】

遅々としても進んでいたのかハノイ空港【二〇〇一年　ノイバイ空港完成「神戸バス」消える】

Baちゃんが暮らせるベトナム普通の国【二〇〇一年　老後はベトナムで生活のさきがけ？】

タンロンの工業団地動き出す【二〇〇二年　日本の大手資本が進出し瞬く間に満杯】

東京とハノイを結ぶ鶴印「ちょっとベトナムサンダル買いに」【二〇〇三年　訪越一〇年目】

ビザ解禁サーズも共に入国し【二〇〇三年　長年の夢一四日間ビザ免除】

市場から鶏消えるテト寂し【二〇〇四年　鳥インフルエンザ流行】

ベトナム語講座開設ＮＨＫ【二〇〇五年　これも長年の夢】

ＡＰＥＣ首脳会議で株を上げ【二〇〇六年　国際会議を成功させ鼻高】

ヘルメット着用義務化なせばなる【二〇〇七年　まずは格好から（私還暦）】

投機熱リーマンショックもなんのその【二〇〇八年　株買いブーム】

プリンスの笑顔はじけたメコン川【二〇〇九年　皇太子殿下訪越】

遷都して一〇〇〇年迎えるハノイかな【二〇一〇年　アセアンの議長国で活躍し】

外国の原発導入異論あり【二〇一一年】

スマホ出て親も子どももめがねかけ【二〇一二年　子どもすら iPad、スマホ持つ】

投資ふえ日越国交四〇年【二〇一三年　ODA増え続ける】

遥々《はるばる》と天皇謁見サン主席【二〇一四年　羽田とベトナム結ぶ便増える（母九四歳で死去）】

遠くなるサイゴン陥落四〇年【二〇一五年　映画クランクアップ】

桜見に日本へ向かうベトナム人【福島だけでも五往復便】

第六章　ベトナムの風に乗って

引き裂かれた家族たち

戦後六〇年にあたる二〇〇五年は、私にとって意義深い年となった。ベトナムにやってきて見つけた生涯のテーマが映像作品になったのだ。それは、「引き裂かれた家族―残留元日本兵とベトナムの六〇年」というタイトルで、一一〇分のNHKハイビジョン特集と五〇分のBSドキュメンタリーになり、戦後六〇年企画として放映された。

これは「わたしの夫は日本人です」という女性三人を紹介した「ベトナムの蝶々《ちょうちょう》夫人」と題したルポが、国立民族学博物館友の会機関誌『季刊民族学』〇四年春号に掲載され、それを読んだテレビ局のディレクターの話に応じたものだった。撮影に入るまで一年がかり。このテーマは日本語教師勤務の合間に、ベトナム各地にいる関係者や家族を訪問し、長い時間と労力を費やした。現在はインフラが整備されたが、かつてはとても大変。その上、目的外活動ということでさまざまな困難があった。

ハノイ市をはじめ、ハイフォン市、ニンビン省、タイグエン省、タインホア省、フート省……。私が会った女性たちは七八から八三歳になっていたが、夫と暮らした一九四五年から日本への帰国船が出た五四年までの思い出を語ってくれた。

帰国船が出た後はアメリカがしかけた「ベトナム戦争」となり、日本はベトナム南部のサイゴン政権しか認めなかったため、北部に住む家族とは連絡がとれなかった。国交がなく、往来もできず手紙も出せない状態だった。それなのに、ベトナムの妻たちはずっと夫の連絡を待っていた。ある夫妻の間に生まれた子どもは、上は六〇歳、下が五〇歳になっていた。私が「発掘」したのは一二家族だが、こういう状況にもかかわらず、みんな日本にいい印象を持っていた。「父の国」「夫の国」の発展を、自国のことのように喜んでいた。

「ローバ」に乾杯

さて、母との生活は私の生活も大きく変えた。私が家をあけるときは、朝食、お昼、おやつを準備して出る。母の場合、時間もバランス感覚もなくなるので、全部食べたにもかかわらず戻ったときは、「今朝から何も食べていねえのお」といったり、徘徊《はいかい》で行方不明事件を起こしたり、面倒なことが多発した。それで定時に出勤しなければならない日本語教師を一時辞めた。介護の心得が分からず私自身にストレスがたまり十二指腸潰瘍《かいよう》や胆石にもなったが、そのおかげで、自宅でできる仕事に集中できルポが書けた。人生何が幸いするか分からない。

また「蝶々夫人」たちの取材がハノイ郊外のときは子連れならぬ、ババ連れもした。なんとこれが効果的だった。家族で歓迎してくれたり、一人で行くインタビューのときより場が和らぎ、思いもよらない話を引き出すことができたりして、老母もそれなりに役立った。

彼女にも若い時代があり、人生の野越え山越えで今日があるわけで、それを思うと「ローバは一日にしてならず」。神々しくさえ見える。そう考えて、適度な足手まといにも感謝している。母がハノイに来なければ、聞き取り作業をここまで詰められなかっただろう。それにベトナム人の間では私は「親を大切にする孝行娘」と評判がいいのだ。もちろん私はこそばゆい思いで聞いている。

ベンチェの町で

母とはベトナムの各地を旅した。ベトナムに到着して二カ月目、ハノイから南のホーチミン市へ飛んで、一月だというのに暑い冬を経験した。

母は何度も、

「ここは雪が降らんでいいのお」

といって喜んでいた。

サイゴンホテルに泊まり、最上階で周囲を見下ろしながら朝食を食べている時だった。八〇代の観光客などそういないせいか、ホテルの若いスタッフがVIP扱いしてくれる。私は恐縮したが、母はいっこうに気にすることもなく差し出された手の上に自分の手をポンと乗せて、

「みんな親切だのう」

と満足気だった。バイクが洪水のように流れるグエンフエ通りを歩いてホー・チ・ミン像の前で写真も撮った。翌日はベンチェに向かうという友だちに便乗させてもらい、ベンチェに行くことになった。

私にとって〝ベンチェ〟の響きは、南ベトナム解放軍の英雄的な女性を描いた『ベンチェの娘』（日本ベトナム友好協会・加茂徳治訳）を思い出させる。車に乗り、フェリーに乗りつぎ、また車で辿《たど》り着いたベンチェ。よく旅を続けたと今でも思う。

そのベンチェで、不思議なことがあった。川べりにあるベンチェ博物館の近くのホテルに宿をとり、夕食まで時間があるので散歩しようとホテルから出かけた。川にかけられた木製の橋が、昔わが故郷にかかっていた和助橋に似ていたせいか、母はそこを渡ろうという。よく見ると歯が欠けたように木の板が抜けているところがある。私はちょっと怖くなり「足元が悪いからやめよう」といったが聞かない。母はどんどん歩いて行くのだった。その足がかなり速くてついていけないほど。当時八二歳になる

直前だったが、若いころに山仕事や雪かきをやっていた母の体力はすごいと思った。

「どこへ行くの？」と聞くと、

「ここは前に来たことがある。この先に知り合いがいるから、ちょっと顔だしてくる」

という。

「初めて来たところだよ。私だってベンチェなんて初めてだから」

といっても聞く気もなくどんどん歩いて行くが見つからない。あるわけない……初めて来た街なんだから。母は故郷の誰かがいると思ったのだろうか。

サイゴン川クルーズ

ホーチミン市では、サイゴン川の遊覧船に乗った。

船内はレストランのようになっていて楽団が生演奏をしていた。私と留学生の裕子さんが飲みながらおしゃべりをしていると、

「一生懸命に音を鳴らしているんだから真剣に聴けいや」

と注意するのだった。私たち二人が静かにしたところで、一〇〇人以上がにぎやかに食べたり飲んだりしながら歓談しているというのに。母は一人でじいっと聞き入って

いる。言葉もベトナム語だったり英語だったりするから分からないだろうに。母は真面目なんだなあと感心。しばらくして私を呼ぶので、何かと思ったら口元に手を当てて耳元でささやいた。

「あの太鼓たたきの若い人、おらどこのムコにそっくりだのお」

楽団のドラマーを見たら、姪《めい》っ子のムコにそっくりなのだ。認知症といってもこういう感覚はきちんと保たれているんだなあ、と感心した。

ぶらっとダラット

二〇〇五年の七月初旬、蒸し暑いハノイを避けて高原地帯のダラットへ行くことにした。ハノイからダラットまでの直行便ができた。ダラットは海抜一四〇〇から一五〇〇メートルのあたりにあり、ベトナムでは珍しく松林がある。ベトナム人にとっては新婚旅行スポットでもある。かつて日本軍の南方司令部があったことはあまり知られていない。林芙美子《ふみこ》の小説『浮雲』の舞台でもある。

ハノイでは五月から蟬が鳴くほど暑くなる。四月三〇日のベトナム戦争終結記念日と五月一日の連休を利用して海水浴に行く人は多い。私も早く避暑に出かけたかったが、テレビの取材コーディネートの仕事があったので、それを終えてから酷暑のハノイを脱出することにした。テレビの取材は私がライフワークにしている「引き裂かれた家族―残留元日本兵とベトナム」というテーマだったので、私も全エネルギーを費やした。それらが終わったのが七月で、気分的にものびのびしていた。

ハノイバイ空港を昼前に飛び立ったベトナム航空は、一三時過ぎにダラットに到着。ハノイ―ダラット便は前年就航したばかりでいつか乗ってみたかった。一時間四〇分はハノイ―ホーチミンとさほど変わらないが、夏休みの解放感にひたった。

ダラット空港の周囲は山ばかり。母はその環境のせいか、水を得た魚のようによくしゃべった。

高原の町は涼しく快適であった。様々な花や植物、青い空が目について、ハノイからの別天地に来たと感じた。とくに紫陽花《あじさい》の花が大きい。ハノイにも紫陽花はあるが、それはタムダオあたりからくる小型紫陽花だ。ダラットの紫陽花は見事であった。

「ほっけ、でっこいアジサイの花、見たことねえのお」

と母親も感激。そのうち遠くの山を見て、

「なんだか天狗《てんぐ》山みてえだのお」

「根小屋の山みてえだ」

とわが町の山の名前を口にした。生きいきしている。

「ヤマはどごん（どこの）山もおんなじだのお」

ハノイはほとんど平地で坂や階段は見たことがないが、ダラットの町は坂と階段がやたらと多い。ダラットパレスの横にあるブランコに乗ったり、滑り台に挑戦したり、松林を散歩したり。八五歳だというのに足腰の達者な母には快適な場所だった。

＊

宿泊したホテルは木製の床で高級感があった。エレベーターも趣きのある旧式リフト風の昇降機という言い方が合うようなもので、まるで映画のワンシーンに入り込んだようだった。さっそく珍しもん好きの母がいった。

「ほっつぁま（仏様）みてんどこに、人が出たり入ったりするが、ありゃ何でぇ」

「エレベーターだよ」と教えると、

「ほうか、エレベーターてがんだか」

不思議そうに見ていたがそのうち、

「どら、ひとつ乗ってみるか」

と私の手をひく。そうして私たちは遊園地の遊具を利用するように、観音開きのエレベーターに乗った。怖いのか母は私の手をぎゅっと握った。

＊

ホテルの部屋の前に辿り着く。鍵《かぎ》を開けようとしたが開かない。鍵は細長い名刺型で、パンチで空けたような穴がポツンポツンと空いているものだ。このホテルに宿泊中、いつも手間取るのであった。私がもたもたしていると遠くで母の声がした。

「あののう、カギがあかんで、おごったて（困った）」

越後弁が聞こえた。その声にふり返ってびっくり。晩年のアラン・ドロンのような紳士が立っていた。紳士は「ウィ、マダム」なんて母にいい、私に「メイ、アイ、ヘルプユー？」なんて言いながら、手伝ってくれた。紳士がササッとカードを入れると、開いた！

私は「サンキュー」、母は「ありがとござんした」。

映画ならここで「カット」か。こんなときはまともである。まさか、ダラットで「要介護三」の世話になろうとは……情けなかったが嬉《うれ》しい瞬間でもあった。

部屋に入ってからも山が見える環境のせいか饒舌《じょうぜつ》になった。故郷での昔話がいっぱい出てきた。母の兄が出征するときの話。ぜんまい採りをして稼いだ時代のこと。川に橋がない時代に駅に行くのに渡し船で行った話。こんなにしゃべるのかと思うほどよく話した。私はほとんどうなずくだけ。高原の夜空は星がいっぱいに美しく輝いていて、寝るのが惜しいほどの夜であった。

ニャチャンの海にバンザイ！


二〇〇八年夏は、二泊三日で海沿いの街、ニャチャンに行った。ニャチャンには私が勤めるベトナムの声放送局（ＶＯＶ）アナウンサーのマイさんがいて、

「小松さん、お母さんと一緒にきてね。主人と待っています」

ずうっと前から誘われながら、なかなかチャンスがなかった。


二〇〇一年五月、マイさんが五五歳でＶＯＶを定年退職したとき、日本のリスナーが彼女を日本に招待した。私も彼女に同行し、私の実家にも案内したことがある。当時一〇二歳の父親も元気で、両親は「ベトナムからのお客さん」と歓迎してくれた。父が三輪車に乗って移動していたのを見たマイさんは、

「日本のお年寄りはすごい！」

とよく響く声で感動していた。父はそれから五カ月後に天寿をまっとうした。マイさ

んも日本に来た翌年、ご主人が脳梗塞《のうこうそく》で倒れ介護する身となったから、お互いあの時以来時間がとれなかった。

それから七年経って、今度は私が母親を連れてニャチャンに行くチャンスがやってきた。


母は海などというものを初めて見たのではないだろうか。新潟県は長い海岸線を持つが、私たちの郷里は内陸の山間《やまあい》の町である。毎日拝むのは越後三山で山の向こうは会津《あいづ》方面で、山また山の記憶しかない。私も小学五年になるまで海というのを見たことがなかった。砂浜ではしゃいでいる人たちを見ていった。

「こっちんしょはいいなあ、のびのびしていて」

「Baちゃん、海は初めてなの？」と聞いたら、全然違う答えが返ってきた。

「ハア、何といわれようといいよ。『爺《じい》さの面倒みねで旅へ出ていい気なもんだ』なんていう者もあるだろうが、ゆっくりするさ」

どうも自分が海辺で伸び伸びしていることへのうしろめたさを感じたのかもしれない。その上、父がまだ生きていると思っている。これは新バージョンのセリフだった。こんなところに来てまで村の評判を気にしている。向こうが見えないほど広い海で寄せては返す波を見ているうちに脳が開放的になったのだろうか。私は嬉しくなった。

海の力は素晴らしい。

＊

「雪が降らんでいいのお」以外のセリフも出てくる。

翌朝、海岸で杖《つえ》を使用しながらも波に足を洗わせているおばあさんがいた。すると母が近づいていき、日本語で何か話しかけた。するとそのおばあさんはよっこらよっこらと歩いて仲間が座っているベンチまで連れて行き、ここに座れと手招きをした。

ベンチに座った三人のおばあさんたちは何やら話し始めた。

そのうちに母が指で数を示した。ベトナムのおばあさんたちも指を折って数えているようだ。

近寄ると、「バオ、ニュウ、トオイ」と聞こえてきた。年の話をしているではないか。言葉も違うのに何がそんなに面白いんだろうと思うかもしれないが、三人はずいぶん長い時間、日本語とベトナム語のお互いの言葉を話しながら、指折りゲームをやっていた。

「今年何歳になりましたか？」

「私は新潟県、あなた何県？」

彼女はまた自分の国の言葉で語っていた。

「あなたどこの国の人？　ニャチャンには観光で来たの？」

それはそれは愉快な光景だった。

母の興味は、彼女らがかぶる笠《かさ》（ノン）だった。

「オラあたりの笠と同じだねえ。今でもかぶるショがいるんだねえ」

笠を見て感じるものがあったらしく、同じ言葉を何回か繰り返しながら時間が流れた。お互い名前なんかどうでもいいのだ。いくつくらいの人で、なにをしているのか？　自国の言葉で聞き合っていた。

日本人同士、日本語だからといって意思が通じるわけでもなく、逆に言葉が通じなくても気持ちが通じることだってあるんだ。

ディエンビエンフー、サプライズ

「コケコッコー」という鶏の声に目覚めた。

ひんやりとした九月の空気。昨夜クーラーを使用していたことが嘘みたいに引き締まっている。ディエンビエンフー二日目の朝である。

窓を開ける音に気づいたのか、

「オマエかぁ、オマエ、よ〜く来てくい（れ）たのぉ、ほっけ雪ん中をそぉ〜」

こんな雪の中を？　寝ぼけている。これは私が東京にいて帰省した際に迎えるときの言葉だ。たぶん新潟県の山奥の自宅にいる気分になっているのだ。朝靄《あさもや》とひんやりした空気の中で生まれた言葉だろう。そして窓の外の川を見るや、

「この川は竜光の方へ流れているがんだろ？」

と故郷の地名をいうので「そうだのぉ」と答えると、

「オマエ何て名だい？」「いくつんなったい？」「どこへ住んでるい？」と矢継ぎ早に質問が飛んできた。

「トラジなんて人がいたっけが、どうしてる？」「フクマツはどうしてる？」と自分の夫や弟の名前を出した。

「そうか、死んだかのお」

朝食前の時間、しばし妄想に付き合った。

風景とは不思議なものだ。ある場面を見ることによって突然、ある記憶が蘇《よみがえ》るらしい。

母とのんびり過ごすには、街中よりもゆったりできる環境がありがたかった。トレッキングをしたい人のエコツアーにもいいかもしれないけれど。

＊

満月を迎える前の晩なので、月が美しかった。ターイ族の高床式の家をモデルにしたというホテル棟の宿泊客は私たちだけだった。小階段を数段上がったところにあるテラスのテーブルは二人占め。月を見ながらビールを飲んだ。そのうちに母はいい気分になったらしく語り始めた。

「オラが子どもん頃、製糸工場なんてんがあってのぅ、みんな働きに行ったんだ。天神様の水車小屋のあたりにも製糸工場はあったがんだ。だどもオラ豊橋へ行った。そっちのほうがチット金がよくてのお。あの頃は製糸工場が流行《はや》った時代でみんな六年卒業すると行ったがんだ。群馬社だ、富岡だ、豊橋だなんていってのぅ。一二歳になるとみんな行ったよ。うちにいるもんなんか、いないよ。体のよわぇ（弱い）もんだけそ」

何も聞いていないのにとうとうとしゃべり続けた。

「汽車から降りてみんな歩いたがんだ。長い道だったのお。駅から工場へ着く途中にホッケン（こんな）気の利いたどこがあっての、みんなでこうして飲んでいたっけが。いいしょがたてだろう（ハイクラスの人たち）が飲んでいるっけが……『オラも一度ホッケンどこへ入ってみてぇなあ』なんて思いながら通ったところだ。気の利いたカッコした衆ばっかだこてや。いやぁたまげたの。

そいがのお（それが）思いつけねえ（予想してなかったのに）今日来られたんがのお。オマエのおかげで、いいかっとう。昔っから来てみてえと思っていた、ほっけんどこへ来られたんなんがいかった。感謝してるよ。ほんとだよ」

七八年も前のことを思い出せるのだ。そのとき入ってみたいと思っていたカフェのようなところに、今自分がいると思い込んでいる。一九三〇年代と二一世紀の現代が完全に混乱している。だけど嫌な思い出ではなく、いい思い出になっている。そして何度も「オマエのおかげだよ」「ありがたかったよ」という言葉を聞くと、嬉《うれ》しくて涙がこぼれそうになった。

「キモン（着物）着て、下駄《げた》はいて、持ちもんは風呂敷《ふろしき》包みだけ」

サパに行ったときもダラットに行ったときも、山が見えるところに行くと語り出した。旅に連れ出すのはトイレの心配や疲労や予期せぬトラブルに遭って大変だけれども、こういうサプライズにも出会えるので苦労が報われる。砂利道で宝石を拾ったような嬉しさが疲労感を癒《いや》してくれる。

今生の別れを告げる旅

母とはベトナムで各地へ旅をしたが、一番大がかりで周到な準備をしたのは、「今生の別れを告げる旅」と銘打った、郷里・新潟への一時帰国の旅だった。

新潟から母を連れ出す直前は白内障の手術で入院していた。上京の日は雪が降る寒い朝で、どこにも挨拶《あいさつ》できず、時間に間に合うように連れ出すのが精一杯だった。このことが長い間ずうっと気になっていた。

旅のきっかけは、私の還暦大同窓会の案内を受け取ったからだ。私は団塊の世代一期生（昭和二二―二三年生まれ）。帰国するのであれば、せっかくなので母親も連れて帰ろうという気持ちが湧いてきた。

理由は三つ。二〇〇四年に新潟県中越地震が起きてから三年が経過し、被災したわが地域の皆さんがやや落ち着いてきたことをニュースで知ったこと。そんな彼らに「母は元気だよ！」という姿を見せ、母にももう一度故郷の山河を見せたかった。

二つめは、『越後のBaちゃんベトナムへ行く』が出版されたこと。この報告もしたかった。三つめは母がベトナムに来て五年が経ち、紺色のパスポートが終了し、ハノイの日本大使館で赤い表紙の一〇年有効のパスポートを取得したばかりだったこと。

それもICチップ入り。取得したら使いたくなるのが人情というもので、秋にはハノイから隣国のラオスまで行ってきた。その勢いがまだ残っていた。

三つも大義名分が揃えば、あとは行動するのみだ。しかし「言うは易く行うは難し」であった。


深夜にハノイを出発、機内でなかなか眠ってくれない。八八歳の母はこれでは疲れて明日動けないのでは、と心配しながらも早朝に関西国際空港に到着。国際線から国内線へ、荷物を受け取って乗り継ごうとすると「もう歩かれないからオマエ先に行け」なんていう。なだめすかしながら歩かせて、なんとか羽田に到着。ここで出迎えの若い衆二人の助っ人《と》を得た。

東京駅は大工事中で、階段を避けるために広い地下構内をJR職員とともに車椅子で移動した。

思えば普段入れない場所を歩くという驚きの体験をしたのに、そのときはそれを感じる余裕すらない。上越新幹線のホームに着いたときは息切れと安堵《あんど》とでへとへとになっていた。そして、母は何がなんだか分からずひたすら無口になるばかり……そうとう疲れていたはずだ。

せめて新幹線の中では眠ってもらいたかったが、空気の違いを感じ取ったのか、今までと違う懐かしい空気を感じるのか、だんだん背筋が伸びてしゃっきりとしてくる。群馬県を越えて新潟県に入るころには、母の視線は窓の外に釘《くぎ》付けであった。

越後湯沢のグランドホテルで行われた還暦同窓会では懐かしの面々二〇〇人近くと再会した。母連れの帰国を同窓生は温かく迎えてくれた。それはまるでタレントを迎えるような感じであった。

この日、私は宴会や同級生との交流があるので母の面倒はみられないだろうと考え、母の妹を温泉に一泊招待して同じ宿で一緒に泊まってもらうことにした。細かな面倒は、長野県に住む友人に頼み協力も得たので成功した一時帰国であった。

翌日は、友人が運転する車で実家に行き歓迎された。越後湯沢から魚沼市の実家まで、新潟日報やら朝日新聞やらテレビ局も同行してなんだか大変な騒ぎになっていた。私は当事者でありながら、プロデューサーであり、介護スタッフであり、看護師でもあり、コーディネーターでもあり……。何役もこなし、終始バタバタしていたが楽しかった。

母は初め、きょとんとしていた。家には近所の人が大勢集まっていた。

「ばあちゃん、おれが誰だか分かるかい?」と近所の人に聞かれて「はあ、ボケちゃって、なんも分からんよ」なんていっていたのが、そのうち、「〇〇のカアちゃんじゃねえけ?」というとみんな歓声を上げて拍手をした。しばらくすると自分から、

「オマエ、○○のアネサだろ？」

と家の屋号をいわれた女性は涙ぐみながら喜んでいた。

「ばあちゃん、出ていぐときより若げになっちゃって」「ばあちゃん、よかったのお、娘と一緒で」あっちからこっちから「ばあちゃん」「ばあちゃん」攻めになった。

話をしていくうちに誰かがいった。

「ばあちゃん、全然ボケてないよ」

すると母は、

「あんまり時代が変わり過ぎちゃって、みんな分からなくなっちゃうんだよね」

というものだから、集まった人は嬉《うれ》しくてまた歓声を上げた。

ミネシン（屋号）のばあちゃんがベトナムから戻ってきたと聞いて、家にどんどん人が集まり狭くなったので近くの天神様に行こうということになった。杉の木の下の階段にみんなで腰かけていつまでも語り合っている姿を見て、「大変だったけど帰って来てよかった」と何度も感じた。

兄嫁

この日集まった人の中には母の兄嫁クラさんもいた。

母が帰国することを聞いて駆けつけたという。母方の戸籍簿を見ると、母の兄・庄作は一九一五（大正四）年生まれで一九四〇年にクラさんと結婚、一九四五年七月にフィリピンで戦死した。子どもがいなかったクラさんは一九四六年二月に実家に戻ったそうだ。

クラさんは九二歳だが、頭もたたずまいもしっかりしていた。母はクラさんが分かったようで「お前さんも苦労なさったのお」というと、クラさんは「ベトナムに行ったていうからもう会えないかと……」

二人は手を取り合って再会を喜んでいた。もう会えないと思っていた母が帰国することを聞いて、豪雪で名だたる町から姪御《めいご》さんが運転する車でやってきたのであった。

母はクラさんと手をつないで「忠魂碑」の前に立った。忠魂碑には村から出征して戦死した人の名前が刻まれていた。日露戦役、シベリア戦役、日支事変、大東亜戦争。母たちの世代はいくつもの戦争をくぐってきたのだ。

「須田庄作」と石碑に彫られた名前を見つけた二人は文字をなでながら、「あの時代はの、イヤダなんていえなかったからのお」「行ってきますなんてって行ったが、戻ってこねしょが大勢だったこてや」。「行ってきます」は、「行って」それから「帰ってくる」ときに使う。行きっぱなしで帰ってこなければ「行ってきます」の言葉に反するだろう。

大好きだった兄を戦争で亡くした母と、夫を亡くしたクラさんが忠魂碑をなでる姿を見ていたら過去のこととはいえ胸が痛くなってきた。クラさんは、実家に戻され再婚した後も、母がベトナムに来る前まで、折に触れて電話で話をしていたということを初めて聞いた。母は、クラさんと話すことで兄を思い出していたのだろうか。

母は、ハノイにあるホーチミン廟《びょう》の前に行って衛兵の姿を見ると、

「うちの兄も戦争でここへ来たんだよね」

なんていう。そう思い込んでいるのだからと、いちいち訂正しないでいた。その方が幸せなこともある。やっぱり里帰りしてよかった。

もう一人近所で私に話したいことがあるという人がいた。

そのおばあさんが私に近づいて、小さな声で話してくれた内容は衝撃的だった。

「もう昔の話だけどサ、あんたのお母さんは、あの川に入って死のうとしたことがあったんだよ」

「……………」

「なんか辛《つら》いことがあったんじゃないかね……」

「……………」

「私はいったんだよ。『東京へ行ってる娘が一人になっちまうから死んじゃダメだよ』って」

私は何も答えられなかった。そんなこととは知らずに、東京で働いていたから。

「お母さん、生きていてくれてありがとう」

やっぱり母と一緒に一時帰国してよかった。

あとがき ――「ローバ」は一日にしてならず

新潟県の豪雪地帯で暮らしていた認知症の母が、雪の降らないベトナムで生活してまもなく六年。「ほこはええとこだのぅ。雪が降らなくて。道つけするもいらねえし、屋根の雪下ろしするもいらねでのぅ」。毎朝起きがけにいうセリフだ。伴侶《はんりょ》の死さえ記憶にないのに、雪処理作業がないことをありがたい、といい続ける。雪国で生活するということがいかに大変かを日々知らされる。その言葉に母の生きてきた道程を考える。

母と暮らすことで、あるときは目線が昭和初期へ、あるいは戦前・戦中へ飛んだことは、親の歴史を別の窓から見直すことになった。母が尋常小学校を卒業して一二歳で愛知県豊橋市の製糸工場に働きに出たころの新潟県内は、「県の調査では農山村は不況で行きづまり、県内一八八か村だけで芸娼妓《しょうぎ》や酌婦への身売りが三〇八人にものぼり」（昭和七年七月一六日）、「一一月末現在の県調査では、長野、群馬など八県から県内四三紹介所に製糸女工一万四四五六人、養成女工一七〇〇人など合計一万四四七五人の求人斡旋《あっせん》依頼がある」（同一二月一五日）という状態だった。（新潟女性史クラブ編著『光と風、野につむぐ―連譜―新聞にみる新潟県女性史年表』野島出版より）

母もその一人で、募集人の斡旋で愛知県豊橋市の製糸工場へ働きに出た。

そのときどんな思いで働き、何が楽しみだったか知りたいと思っても、今となってはそのすべもない。そのことにもっと早く気付き、母の青春時代の話を聞いておくべきだったが、認知症という魔法にかかってしまった現在では、どうすることもできない。親の歴史を子が聞かずして誰が聞いてあげられるのか……、今や母の娘時代を知る者は誰もいない。

「ローバ」は一日で老婆になったわけではないから、今からできることだけでも追跡したいと思う。困難な時代にあっても、瞳《ひとみ》を輝やかせていた青春があったはず。Kさんに会ったとき、ほんの一時だけどそれを垣間《かいま》見ることができた。

母との付き合いは、遺物の出て来ない発掘調査のようなものかもしれないが、それでも続けていきたい。砂利や小石のような記憶のかけらでも私にとっては宝物。生きている間中、宝物探しをしようと思う。いろいろな事件や事故に出会いながらも、逞《たくま》しく生きる「ローバ」には励まされたし、日々表情が明るくなっていくことは、何よりも私の元気の素になっている。

私たちが、通信事情の悪いベトナムで快適に暮らせるのは、日本から物流のお手伝いをして下さる大勢の友人知人たちに支えられているからだ。介護グッズ、生活用品、食料品、資料に書籍をはじめ文化・精神面での支援も大きい。どれほど多くの人のお世話になりながら生きていることか。家族や福祉にすがろうとは思わないが、大勢の日本の友人、ベトナムの友人たちの好意に甘えてきた。皆さんありがとう。カム・オン（感恩）。Xin Cam on.

今こうして「ローバ」のことを記述している私も、あと一〇年か二〇年も経てばこうなるのか？　と思いながら記すこともまたミステリアスかつ愉快と期待が入り混じる。

本書は「ウィメンズ・ステージ」誌の瀬谷道子さんの発案と援助によって日の目を見ることができた。夫君でジャパン・プレス・サービスの瀬谷実氏にも多くのご協力を頂いた。ありがとう！

なお文中の氏名及び番組名、価格等は記した時点のものです。

蟬鳴き真っ赤な鳳凰木《ほうおう》が満開のハノイにて

おわりに

　母とはベトナムで一三年暮らした。

　二〇〇一年一二月から、私が還暦を迎えた二〇〇七年までの五年半の記録をパソコンに打ち込み『越後のBaちゃんベトナムへ行く』という手作り文集にして友人たちに配った。その一冊が友人夫婦が営む出版社「2B企画」の目に留まり出版された。自費出版なので部数は知れている。在庫がもう版元にも残っていない二〇一三年春ごろ、映画化の話が浮上した。そのかいあって企画が通り、二〇一四年六月、アルゴ・ピクチャーズの岡田裕プロデューサーが、主演の松坂慶子さん、監督の大森一樹さんほかの関係者と一緒に訪越し、記者発表をやったときにも皆さんに渡す本がなかった。

　そうした生い立ちの本がこのたび関係者のご尽力により角川文庫から改訂増補版として出版されることになった。この予想外の展開に驚くとともに、嬉しく思っている。母は昨年、映画化発表から一ヵ月もしないうちに天国から招待を受けてあの世の人になった。けれど今は、「ここは雪が降らんでいいなあ」と喜んでいると思う。

　本書は改訂増補版のため、加筆は最低限にとどめた。東日本大震災後に起きた母の帯状疱疹《ほうしん》、母が乾燥剤を食べた事件などには触れなかった。またこの五年は私が合唱グループに入ったことで、ずいぶん精神的にも健康面でも助けられた。いつかどこかで記しておきたいと思う。

本書の刊行にあたりアルゴ・ピクチャーズの岡田裕プロデューサー、熊谷睦子さん、角川文庫の佐藤愛歌さんにお世話になりました。大森一樹監督には素晴らしい解説を書いていただきました。ありがとうございました。

二〇一五年九月二日

ベトナム生活二四年目のハノイにて

小松みゆき

解　説――小松みゆきさんと佐生みさおと私

大森《おお もり》一樹《かず き》（映画『ベトナムの風に吹かれて』監督）

映画『ベトナムの風に吹かれて』は、小松《こ まつ》みゆきさんが自身の体験を書かれたルポルタージュ『越後のBaちゃんベトナムへ行く』を元に、概ね《おおむ》ノンフィクションが4、フィクションが6くらいで脚色、映像化されています。ほぼ事実に沿ったおばあちゃんの履歴、エピソードがノンフィクションの4とすれば、それを上回るフィクションは、主にヒロイン像で、映画の佐生みさおは、小松さんが生きてきた時代の背景から、自由に想像を広げさせていただいた。その人物像の創作は、ほぼ同時代を生きてきた私にとって、この映画を監督する大きなテーマであったと思います。

新潟《にいがた》の試写会で上映後、魚沼《うおぬま》で小松さんと同窓だったという男性から、小泉《こいずみ》みたいな男性がいたことは、小松さんから一度も聞いたことがなかったのですがと聞かれた。もちろん、小泉は映画の創造した人物で、実在しないし、モデルもいない。日本からふらりとハノイへやってきた60年代後半からベトナム反戦運動をみさおと共にした仲間という設定。青春時代を共有した国で、50年近い後二人が出会い、再び時間を過ごす。しかし、そのまま二人がベトナムで一緒に暮らしては、いくらフィクションとはいえ、小松さんの現在と違いすぎる。ならば、小泉は日本に帰さなければならない、というのが脚本の流れ。では、小泉を日本に連れて帰る役割を誰にするか、随分時間をかけてあれこれ脚本作りを話し合った。小泉の会社の部下、家族はどうだろう、妻、いや息子は。あるいは、同じ仲間だったみさおの別れた夫……うーん、どれもなんかベタだなあ。一人考えあぐねていたところに、吉川晃司《きっかわこうじ》君からデビュー30周年記念コンサートの招待が来た。そこで突然、吉川晃司が迎えに来たらどうだろう？とひらめいた。とりあえず、プロデューサーに伝えてみる。プロデューサーの岡田裕《おかだゆたか》さんは、30年前吉川映画3部作を一緒にやった盟友だ。それでも、なんだい、それは、うまくいくのかと。それはそうだ、あまりにも唐突だ、でも、それが映画でしょうと、吉川君のコンサートに出向いて、終了後の楽屋で、一日だけハノイに来れないだろうかと訊《たず》ねてみる。快諾、いい奴だ。

それはいいが、どういう経緯で吉川晃司は小泉を日本に連れ戻しに来たか、いざ考えてみるとかなりの無理難題である。そもそも、小松さんと認知症の母の物語に吉川晃司がどう関わるのだ？　やっぱり、ありえないよなと思いながらも、何かないだろうかと、吉川晃司の著書『愚　日本一心』（別冊カドカワの本）を読んで見る。本の最後に吉川語録が10代から年代ごとに並べられていて、40代のところで、こんな彼のメッセージを見つけた。

「たとえ間違った決断だったとしても、迷っているよりまし」「わからないなりにも決めていかなきゃしょうがない。決断して、失敗したら、教訓にしていけばいい」

あ、これだ！　——映画という創作の過程で訪れる幸福な瞬間とは、こういうことである。

　これだ、というのは小松さんのルポを読みながら、認知症・要介護3の年老いた母親を新潟からベトナムに連れて行く決断が、いまひとつ脚本の初稿では説得力を持って描けていない、それはとりもなおさず私自身に小松さんの気持ちが落ちていないということだろう。もちろん、その決断はこの物語の臍《へそ》とも言えるところであり、小松さんの本にも書かれているし、撮影準備でハノイを訪問した際、直接小松さんから話も聞いていたのだが……それが、すっと腑《ふ》に落ちた気がした。「そういうこともあるのだな」止まりだったのが、その先に進んで「そういうことだったのか」になった、というところだろうか。

　こうして脚本の決定稿ができあがった。小泉は吉川と、50歳以上の観客だけで野外ロックコンサートを企画するが、その途中で自己矛盾に陥った小泉は、放り出して日本からハノイに逃避。そこに吉川がやって来た。以下脚本をそのまま引用すると——

みさお「それで彼、こっちまで来て、何て？」
小泉「たとえ間違った決断だったとしても、迷っているよりはましだって…、決断して失敗したら、教訓にすればいいんだとさ」
みさお「なるほどね、私が母をベトナムに連れて来たのも、そういうことかもしれない」
小泉「俺たちとは全く違う新しい世代だ。帰りのチケットまで置いていきやがった」

完成した映画では、ハノイの病院の中庭で話す松坂さんと奥田さんの二人に、吉川晃司のボーカルが流れる。監督の自分が言うのも何だが、とてもいいシーンになった。本編中最も気に入っているといってもいい。何よりも、一見突拍子もない発想が、あらかじめ繋《つな》がる運命にあったかのように物語に組み込まれていく様は、映画とは作り手の想像を超えた何か不思議な力が宿るものだと改めて思わせてくれる。
不思議な力といえば、もう一つ。これも音楽関係である。映画製作の仕上げに入ったところで、エンディングの音楽をどうするかという話になった。決定稿では、映画のタイトルにもなっているボブ・ディランの楽曲が流れるように書かれているのだが、いざ原曲をそのまま使用するとなると許諾権料など、映画がもう一本できるというのは大げさにしても、相当な額となり、とても今回の予算には収まらない。予想はしていたことだが、何か代る曲を探さなくてはならない。小松さんの青春とベトナム戦争の70年代、そこからアメリカのフォークソングがイメージだが、どれも原曲をそのまま使用するとなると、それなりの予算が必要なのは同じである。

　音楽事務の方から、外国曲の原盤権を多く管理しているということで、フジパシフィックミュージックを紹介していただき相談に伺った。そこで、外国曲ではないが、フォー・セインツのリリース予定の新曲があるがという話があり、サンプルのCDをいただいて帰った。フォー・セインツ、『小さな日記』、カレッジフォーク、確かに70年代ではあるけれど、映画の意図するあの時代の気分とはまた別ではないかと思いつつも、スタッフルームのCDプレーヤーで聴いてみる。

……何だろう？　何か気になるフレーズがある。もう一度、聴いてみる。これか、

友がひとり、またひとり　去ってゆき
日暮れが、足早に　この背中　押してくる
振り返ってみれば　人生の折り返し地点をすでに過ぎているけど
調子はどうだい　元気でいるか

これ、佐生みさおの現在の気分そのままではないだろうか。それは、小松さんにとっても。少なくとも、同世代の私自身がそうだ。この映画のエンディングは、あの時代の懐かしさで終わるよりも、みさおの、小松さんの現在で終わってもいいのではないか、いやその方がいいと。その瞬間、『たまには仲間で』という歌は、この映画のために最初から用意された主題歌のように思えてきた。そこからは、とんとん拍子で音楽の録音作業が進んでゆき、なんとフォー・セインツのボーカル、上原徹《うえはらとおる》さんと松坂慶子《けいこ》さんのデュエットとなって完成した。主演女優が主題歌を歌うなど、企画製作の構想にすらなかったと思えば、ここにまた、映画の不思議な力が宿ったような気がする。

そのようにして、思いもかけない人の言葉や歌から、ヒロインの人物像が創り上げられていく過程は、まさに映画創作の醍醐味《だいごみ》で、今回ほど楽しませてもらったことはなかったし、何よりも幸福な時間だった。そして、最後の幸福は、この映画の原作が角川文庫から出版されることだろう。

メディアミックス——1970年代から80年代にかけて映画界を席捲《せっけん》した角川映画のオハコだった。映画、出版、音楽のメディアを複合させて社会現象にしていくという手法だが、ネット社会の現在では、社会現象の在り方が全く違うものとなり、もはや過去の流行語となってしまった。そんな時代に、角川文庫から出版されることになった原作、思いがけない展開から生まれた主題歌と、メディアミックスの映画が、誰も予想しないところで40年ぶりの復活。何だかとても痛快な気分です。

本書は、二〇〇七年六月に2B企画より刊行された『越後のBaちゃんベトナムへ行く――ラストライフを私と』を加筆・修正のうえ、改題して文庫化したものです。

ベトナムの風《かぜ》に吹《ふ》かれて

小松《こまつ》みゆき

平成27年 9月25日 初版発行
令和7年 5月15日 12版発行

発行者●山下直久

発行●株式会社KADOKAWA
〒102-8177 東京都千代田区富士見2-13-3
電話 0570-002-301(ナビダイヤル)

角川文庫 19355

印刷所●株式会社KADOKAWA
製本所●株式会社KADOKAWA

表紙画●和田三造

●お問い合わせ
https://www.kadokawa.co.jp/ (「お問い合わせ」へお進みください)
※内容によっては、お答えできない場合があります。
※サポートは日本国内のみとさせていただきます。
※Japanese text only

ISBN978-4-04-103456-9 C0195

JASRAC 出 1510352-512

角川文庫発刊に際して

角川源義

第二次世界大戦の敗北は、軍事力の敗北であった以上に、私たちの若い文化力の敗退であった。私たちの文化が戦争に対して如何に無力であり、単なるあだ花に過ぎなかったかを、私たちは身を以て体験し痛感した。西洋近代文化の摂取にとって、明治以後八十年の歳月は決して短かすぎたとは言えない。にもかかわらず、近代文化の伝統を確立し、自由な批判と柔軟な良識に富む文化層として自らを形成することに私たちは失敗して来た。そしてこれは、各層への文化の普及滲透を任務とする出版人の責任でもあった。

一九四五年以来、私たちは再び振出しに戻り、第一歩から踏み出すことを余儀なくされた。これは大きな不幸ではあるが、反面、これまでの混沌・未熟・歪曲の中にあった我が国の文化に秩序と確たる基礎を齎らすためには絶好の機会でもある。角川書店は、このような祖国の文化的危機にあたり、微力をも顧みず再建の礎石たるべき抱負と決意とをもって出発したが、ここに創立以来の念願を果すべく角川文庫を発刊する。これまで刊行されたあらゆる全集叢書文庫類の長所と短所とを検討し、古今東西の不朽の典籍を、良心的編集のもとに、廉価に、そして書架にふさわしい美本として、多くのひとびとに提供しようとする。しかし私たちは徒らに百科全書的な知識のジレッタントを作ることを目的とせず、あくまで祖国の文化に秩序と再建への道を示し、この文庫を角川書店の栄ある事業として、今後永久に継続発展せしめ、学芸と教養との殿堂として大成せんことを期したい。多くの読書子の愛情ある忠言と支持とによって、この希望と抱負とを完遂せしめられんことを願う。

一九四九年五月三日